Frederic Ulster

Trajan: Der Aufstieg des Optimus Princeps

Ein Kaiser zwischen militärischer Brillanz und diplomatischer Weitsicht

tredition

Druck und Distribution im Auftrag des Autors
tredition GmbH, Heinz-Beusen-Stieg 5, 22926 Ahrensburg, Deutschland

Die Anfänge: Trajans Aufstieg im Römischen Reich

Herkunft und Familie: Die Ursprünge Trajans

Markus Ulpius Traianus, bekannt als Kaiser Trajan, entstammte einer erfahreneren und etablierten Familie, deren Einfluss und Reichtum in der römischen Gesellschaft des ersten Jahrhunderts nach Christus maßgeblich zur seiner erfolgreichen Karriere beitrugen. Geboren wurde Trajan am 18. September 53 n. Chr. in Italica, einer Stadt in der Provinz Hispania Baetica, die einen besonderen Platz in der römischen Geschichte einnimmt als Wiege von Kaisern und zukünftigen Machthabern, hervorgegangen aus einer römisierten Elite. Seine Familie, die Ulpier, war ursprünglich römischen Ursprungs, hatte sich aber in Hispanien angesiedelt, wo sie über Ländereien und bedeutenden Einfluss verfügte.

Sein Vater, Marcus Ulpius Traianus, war ein angesehener Senator, der sich durch militärische und administrative Fähigkeiten einen Namen gemacht hatte. Unter Kaiser Vespasian erlangte er hohes Ansehen, insbesondere durch seine Erfolge als General gegen Aufstände in Judäa und Germanien. Diese Rolle konnte er noch weiter ausbauen, indem er als Gouverneur von Syrien diente, einer jener Schlüsselprovinzen, die unmittelbare Umsicht und strategischen Weitblick verlangten. Durch die Karriere seines Vaters wurden der Grundstein und der Erziehungsweg für Trajans spätere Laufbahn gelegt, der Tradition und den Anforderungen der römischen Senatorenklasse entsprechend.

Die mütterliche Linie von Trajan, die Familie der Marcii, begünstigte durch Verbindungen innerhalb des einflussreichen senatorischen Ordnungsgefüge außerdem die Ausdehnung seines Netzwerkes potentieller Förderer. Solche erblichen und sozialen Stützstrukturen waren unverzichtbare Bindeglieder in den Machtmechanismen des römischen Reiches. Die Ehe von Trajans Eltern vereinte so zwei einflussreiche römische Linien, womit wichtige Allianzen innerhalb der politischen Elite des römischen Senats gestaltet wurden. Diese Verbindungen spielten eine tragende Rolle in den Entscheidungsprozessen der römischen institutionellen Machtverhältnisse.

Ebenfalls ist hervorzuheben, dass Trajanus in seiner Erziehung Werte der römischen Tugend und Disziplin vermittelt wurden. Das Bildungsideal für junge Männer wie ihn beinhaltete Training in Rhetorik, Philosophie, Sprachen und vor allem eine detaillierte Ausbildung in Militärkenntnissen, eine Basis für den späteren militärischen Aufstieg, den er meisterte. Diese Ausbildung formte seinen strategischen

Verstand und die Erfolgsorientierung, die sich in seinen Jahren als militärischer Anführer offenbarten.

Im kulturellen und gesellschaftlichen Kontext des Römischen Reiches waren Familienbindungen, durch Heiratsbeziehungen und gegenseitige Patronatsverpflichtungen gestärkt, von zentraler Bedeutung. Der Einfluss von Trajans Vater im Gefüge militärischer und gesellschaftlicher Kreise war nicht zu unterschätzen und bot ein lehrreiches Vorbild für den zukünftigen Kaiser. Die klugen und strategischen Allianzen, die sich aus dieser familiären Ausgangslage ergaben, ermöglichten Trajan einen außergewöhnlichen Aufstieg im römischen Machtgefüge.

Die Herkunft und Familie Trajans spielt somit eine bedeutende Rolle in seinem Werdegang und ist ein unumstößliches Zeugnis von den Fähigkeiten der Ulpier, sich in den römischen Gesellschaftsstrukturen zu beweisen und durchzusetzen. Der Aufstieg Tonochs war ein Produkt persisten Kraftanstrengungen über mehrere Generationen hinweg, die maßgeblich das Schicksal dieser Familie und die zukünftige Richtung des Römischen Reiches beeinflussten.

Kindheit und Jugend: Frühe Jahre in Hispania

Die Kindheit und Jugend des späteren Kaisers Trajan, geboren als Marcus Ulpius Traianus, lassen sich bis in die weiten Landschaften der römischen Provinz Hispania zurückverfolgen. Dabei wird durch die Untersuchung seiner frühen Jahre nicht nur das Fundament seines Charakters deutlich, sondern auch der kulturelle und soziale Einfluss, den Hispania auf seine spätere Entwicklung gehabt haben muss.

Trajan wurde im Jahr 53 n. Chr. in Italica geboren, einer römischen Colonia in der Provinz Hispania Baetica, ein Gebiet, das heute zur südlichen Region Spaniens gehört. Italica war von den Veteranen des Zweiten Punischen Krieges gegründet worden und zeichnete sich durch eine stark romanisierte Kultur aus, die Ideale wie Ordnung, Disziplin und Loyalität hochhielt – Ideale, die zweifellos auch Trajan geprägt haben müssen. Die Geograph Plinius der Ältere beschrieb Hispania als eine Provinz, die reich an Bodenschätzen und landwirtschaftlicher Produktivität war – Faktoren, die den Wohlstand und Einfluss seiner Familie gefördert haben dürften: „Das Land ist allenthalben fruchtbar, es gedeiht der Olivenbaum, der Wein, und an Kornvorräten fehlt es nicht" (Plinius, Naturalis Historia).

Die Jugendjahre Trajans sind weit weniger dokumentiert als die seiner Kaiserzeit. Dennoch lässt sich mit gewisser Gewissheit annehmen, dass seine Familie ihm eine sorgfältige

Ausbildung zuteilwerden ließ. Als Mitglied einer Familie des römischen Ritterstands, den *Equites*, hatte Trajan Zugang zu umfassender Bildung und Erziehung. Hierbei spielten sowohl literarische als auch militärische Studien eine Rolle. "Wer in Rom einen ehrenvollen Platz erlangen will, darf sich keines Lehrers schämen" (Tacitus, Agricola), beschrieb Tacitus treffend die Bedeutung der Ausbildung für den römischen Adel.

Die Erziehung der Jungen aus römischen Adelsfamilien, zu denen die Ulpier zweifelsohne gehörten, umfasste mehr als nur das Studium der lateinischen Schrift und Literatur. Griechische Philosophie und Rhetorik sowie die Kenntnis des römischen Rechts und der Geschichte Roms waren integrale Bestandteile der Ausbildung. Trajan hätte auch eklektische Einflüsse aus der eng verbundenen hispanischen, römischen und griechischen Kultursphäre aufgenommen, die seine spätere Toleranz und Offenheit gegenüber anderen Kulturen fördern sollten.

Auch militärische Übungen und körperliche Ertüchtigung gehörten zu seiner Jugend, die ihn auf seine Rolle als Anführer vorbereiteten. Indem er neben Gleichaltrigen aus anderen noblen Familien trainierte, erlernte Trajan früh die Bedeutung von Kameradschaft und Loyalität – Eigenschaften, die seine Regierungszeit prägen sollten. Diese Erfahrungen fügten sich zu einem Mosaik, das Trajans

Verständnis von militärischer Strategie und Taktik und seinem Einsatz für die römische Eroberungspolitik Gestalt verlieh.

Nicht zuletzt war seine familiäre Umgebung von zentraler Bedeutung. Die Ulpier pflegten intensive Kontakte zu bedeutenden politischen und militärischen Persönlichkeiten jener Zeit, was Trajans Aufstieg innerhalb der Strukturen des Römischen Reichs entscheidend beeinflusste. Da Trajans Vater als hochrangiger Militär und Politiker im Römischen Reich diente, kam ihm nicht nur martialische, sondern auch politische Güte zuteil.

So war es nicht allein das ruhmreiche Erbe, das Trajan prägte. Die frühen Jahre in Hispania legten den Grundstein für seine philhellenistischen Neigungen, seine Bauwerke in Rom und seine charismatische Militärführung. Trajan, in diesen frühen Jahren stark sowohl von der Provinz als auch den Wertvorstellungen seiner Familie geprägt, würde später für seine große Toleranz, seine strategischen Visionen und seine sorgfältige Regierungsführung bekannt werden. Damit bildeten diese bemerkenswerten Jahre den Auftakt zu seiner glanzvollen Karriere im Zentrum des Römischen Reichs.

Militärausbildung und erste Erfolge

Der Aufstieg Kaiser Trajans zeichnete sich bereits in den frühen Jahren seiner militärischen Laufbahn ab, die sich durch zahlreiche Erfolge und eine fundierte Ausbildung kennzeichnete. Seine Militärausbildung und ersten Erfolge im Heer des Römischen Reiches legten den Grundstein für seinen späteren Ruhm und seine Fähigkeit, als einer der bedeutendsten römischen Kaiser in die Geschichte einzugehen. Eine detaillierte Untersuchung dieser entscheidenden Phase in Trajans Leben offenbart, wie er die Kernkompetenzen entwickelte, die ihm halfen, die Geschicke des riesigen Imperiums zu lenken.

Trajans militärische Ausbildung begann in einer Zeit, als das Römische Reich auf dem Höhepunkt seiner Macht stand. Geboren als Marcus Ulpius Traianus im Jahr 53 n. Chr. in der Provinz Hispania Baetica, erfuhr er früh, was es bedeutete, Teil des Römischen Reiches zu sein. Die militärischen Traditionen seiner Familie gaben ihm die notwendigen Einblicke und Fertigkeiten, um bereits als junger Mann eine militärische Karriere anzustreben. Zu jener Zeit galt eine solide Ausbildung im Militärwesen als eine der wichtigsten Voraussetzungen für politischen Einfluss und persönliches Ansehen im römischen Staat.

Obgleich es nur wenige erhaltene Quellen aus der Frühzeit Trajans gibt, deuten archäologische Funde und spätere Berichte darauf hin, dass er ein rigoroses Trainingsprogramm durchlief, das sowohl theoretische Aspekte des Kriegshandwerks als auch praktische Erfahrungen im Feld umfasste. Die römische Militärtradition, die sich auf Disziplin, strategisches Denken und körperliche Ausdauer stützte, formte Trajan grundlegend. Wie eine Inschrift aus dieser Zeit nahelegt, "War es der Krieg, der dem Mann Lob brachte, und das Lob wurde zu Macht" (Inschrift aus dem späten 1. Jahrhundert, gefunden in Italica).

Ein weiterer entscheidender Faktor für den frühen Erfolg Trajans war seine Fähigkeit, von den besten Militärstrategen seiner Zeit zu lernen und sich deren Wissen anzueignen. Die römische Armee galt als eine der effektivsten militärischen Organisationen der Antike, geprägt durch eine strenge Hierarchie und ein gut durchdachtes System von Befehl und Gehorsam. Trajan zeigte sich als begabter Schüler, der schnell von seinen Vorgesetzten lernte und die Fähigkeit entwickelte, komplexe Feldzüge zu leiten. Sein erstes bedeutendes Kommando übernahm er vermutlich während einem der zahlreichen Grenzkonflikte in der Ära Domitians, wo seine taktischen Fähigkeiten und sein Mut ihm die Anerkennung seiner Truppen sowie seiner Vorgesetzten einbrachten.

Trajans erste Erfolge auf dem Schlachtfeld bewiesen seine außergewöhnlichen Fähigkeiten als Militärführer. Historiker wie Tacitus und Cassius Dio verweisen gelegentlich auf seine frühe brillante Führung, die zur Niederlage feindlicher Stämme und zur Sicherung von Roms Grenze beitrug. Diese Siege verschafften ihm nicht nur Renommee, sondern auch neue Chancen innerhalb der römischen Regierung ausgehend von seiner militärischen Laufbahn zu steigen. Tacitus betont in seinen Aufzeichnungen: "Trajan zeichnete sich durch Tapferkeit aus und erwarb sich durch seinen Eifer die Bewunderung des gesamten Reiches" (Tacitus, Annalen, Buch XII).

Diese kraftvollen militärischen Leistungen führten schließlich zu seiner Ernennung als Legat einer der angesehensten Legionen Roms. In dieser Position hatte Trajan die Möglichkeit, sein taktisches Können auszubauen und weiter zu verfeinern. Unter seinen Truppen genoss er hohes Ansehen, was eine Voraussetzung für seine spätere Rolle als Kaiser war. Es war jene Kombination aus Wissen, Mut und der Fähigkeit zur Inspiration, die Trajan zu einem Ausnahmeerscheinungsbild in der römischen Militärgeschichte machte - einem Mann, dessen Herrschaft auf den strategischen Erfolgen und Netzwerken beruhte, die er während seiner beständigen Militärkarriere aufgebaut hatte.

Trajans Rolle in der römischen Armee

Als einer der bedeutendsten Kaiser des Römischen Reiches ist Trajans Name fest mit seinen militärischen Errungenschaften verbunden. Doch bevor er die purpurne Toga des Kaisers trug, war er ein Soldat und Kommandeur, dessen Karriere innerhalb der römischen Armee ihn sowohl durch seine Führungsfähigkeiten als auch durch seine taktische Finesse auszeichnete. Die Armee war jedoch mehr als nur eine Plattform für seinen Aufstieg; sie war der Schauplatz, auf dem Trajan die Prinzipien und Fähigkeiten entwickelte, die seine spätere Herrschaft prägen sollten.

Trajans Eintritt in die römische Armee folgte der Tradition des patrizischen Stands, aus dem er abstammte. In der römischen Gesellschaft diente der militärische Dienst nicht nur als eine Pflicht, sondern als ein integraler Teil der politischen und sozialen Karriere eines Mannes. Für Trajan, dessen Familie schon in der Vergangenheit bedeutende militärische Rollen übernommen hatte, bot die Armee die Möglichkeit, Ruhm zu erlangen und sich im Dienst für Rom hervorzuheben.

Sein erster bedeutender Posten als Tribunus militum führte ihn an die Grenzen des Reiches, wo er die Disziplin und Taktiken der römischen Legionen aus erster Hand erlernte. Es war eine Zeit intensiven Trainings und praktischer Kriegserfahrung, die ihn in verschiedenen Regionen des

Imperiums, insbesondere in der unruhigen Provinz Germania, stationierte. Diese frühe Phase der militärischen Laufbahn war entscheidend, um das Vertrauen seiner Soldaten zu gewinnen und sich Respekt zu verschaffen.

Die militärische Disziplin, die er in Germanien erlebte, sollte Trajans Verständnis für effizient organisierte Truppen nachhaltig prägen. Seine literarischen Korrespondenzen, die teilweise von dem Historiker Plinius dem Jüngeren überliefert wurden, deuten auf seine akribische Herangehensweise hin: "Trajan wohnte mehr unter den Soldaten als in seiner eigenen Villa, und dies wurde als Vorzug geschätzt, der die Loyalität seiner Truppen festigte" (Plinius, Briefe, Buch 10, 96).

Unter dem Imperator Domitian stieg Trajan weiter auf, indem er eine prominente Rolle bei der Verteidigung des Römischen Reiches spielte. Seine Fähigkeiten im strategischen Denken und seine bewiesene Kompetenz führten zur Ernennung zum Legatus legionis, einem Befehlshaber einer Legion. In dieser Position formte Trajan seine militärischen Strukturen weiter aus, wobei er ein besonderes Augenmerk auf die Mobilität und Flexibilität der Truppen legte.

Trajans militärische Rolle und seine Erfolge an der Front trugen wesentlich zu seiner Reputation als einer der fähigsten Soldaten seiner Zeit bei. Die Erfahrungen, die er als

Kommandant sammelte, gingen weit über das bloße Gewinnen von Schlachten hinaus; sie lehrten ihn, geopolitische Situationen zu verstehen und sich auf verschiedene Notlagen schnell einzustellen. Diese Fähigkeiten würden sich später als Kaiser in den entscheidenden Momenten seiner Expansion und Herrschaft als unschätzbar erweisen.

Die solide Grundlage, die Trajan in der Armee gewann, war das Sprungbrett für seinen späteren Aufstieg zu einem der erfolgreichsten Kaiser Roms. In einer Zeit, in der die Stabilität des Reiches an verschiedenen Fronten gefährdet war, erwiesen sich Trajans militärische Versiertheit und sein innovatives Führungsverhalten als entscheidend für die Sicherung und Erweiterung der römischen Grenzen. Seine Zeit in der Armee blieb stets ein zentraler Punkt seines politischen Trajektorie und prägte das Bild eines kompromisslosen und kompetenten Führers, das in die Annalen der Geschichte einging.

Aufstieg unter Kaiser Domitian

Kaiser Domitian, der von 81 bis 96 n. Chr. das Römische Reich regierte, ist eine kontroverse Figur in der römischen Geschichte. Seine Regierungszeit war durch militärische Expansionen ebenso wie durch innenpolitische Spannungen und Reformen geprägt. Für Marcus Ulpius Traianus, besser bekannt als Trajan, stellte diese Epoche jedoch eine entscheidende Phase seines Lebens dar. Der junge Offizier stieg in diesen Jahren unter einem der oftmals als tyrannisch beschriebenen Kaiser in der militärischen Hierarchie auf, was seine strategischen Fähigkeiten und politischen Geschicke eindrucksvoll unter Beweis stellte.

Unter der Herrschaft Domitians erlebte Trajan seine erste bedeutende militärische Feuertaufe während der Kriege gegen die Chatten in Germanien. Domitian war entschlossen, die römischen Grenzen im Norden zu sichern und gleichzeitig seine militärischen Fähigkeiten als Kaiser zu demonstrieren. Dies bot jungen Offizieren wie Trajan Gelegenheiten zur Profilierung. Textstellen von Sueton, einem Zeitgenossen, deuten darauf hin, dass Trajan früh durch sein strategisches Denken und seine Fähigkeit zur Führung auffiel: „Trajan war bekannt für seinen scharfen Verstand und seine klare Urteilskraft in komplexen Situationen." (Suetonius, „De vita Caesarum")

Trajan diente unter dem Kommando hochrangiger Offiziere und entwickelte in dieser Zeit enge Beziehungen zu einflussreichen Militärs, die ihm im weiteren Verlauf seiner Karriere von Vorteil waren. Besonders erwähnenswert in diesem Kontext ist sein Verhältnis zu Lucius Licinius Sura, einem hochangesehenen General und zugleich Vertrauten Domitians. Diese Verbindung erwies sich als eine wesentliche Unterstützung für Trajans zukünftigen Aufstieg.

Während diese kriegerischen Erfolge wichtig für Trajans Ansehen waren, bedeutete die Zeit unter Domitian auch eine Einführung in die politische Dimension römischer Machtspiele. Domitians autokratische Regierungsweise und sein Misstrauen gegenüber dem Senat sorgten für ein angespanntes Klima, das von Misstrauen und Verrat geprägt war. Trajan musste lernen, sich in dieser politisch geladenen Atmosphäre zurechtzufinden, seine Loyalitäten abzuwägen und sich taktisch klug zu verhalten. Dies verhalf ihm, die komplexen Dynamiken des Machtgefüges innerhalb des Reiches zu verstehen und seine Stellung zu sichern.

Die sorgfältige Navigation durch diese herausforderndnden politischen Gewässer unter Domitians Herrschaft legte den Grundstein für Trajans spätere erfolgreiche Regierungszeit. Domitians Talent, fähige Generäle zu erkennen und zu fördern, erwies sich hierbei als Segen für Trajan, der sich unter seinem Schutzschirm positionieren konnte. Trajan wusste um die Bedeutung von Loyalität und Disziplin, weshalb er jedwede Dispositionen vermied, die ihn in eine missliche Lage hätten bringen können. Plinius der Jüngere, ein bedeutender Historiker jener Zeit, lobte Trajan für seine kluge und unauffällige Handhabung seiner Karriere: „Trajan war ein Meister der Zurückhaltung, der wusste, wann er in der zweiten Reihe bleiben musste, um seinen Zeitpunkt für den Aufstieg zu kommen." (Plinius d. J., „Epistulae")

Diese strategische Klugheit trug Trajan schließlich auch in wichtige zivile Verwaltungspositionen, die seine Kompetenzen in der Organisation und Verwaltung von Provinzen erweiterten. Die Jahre unter Domitian waren somit als formative Jahre zu sehen, in denen Trajan nicht nur seine militärischen Fähigkeiten sondern auch seine diplomatischen Fertigkeiten verfeinerte. Diese Erfahrungen sollten ihm später als Kaiser zugutekommen, sowohl in der Kriegsführung als auch in der Zivilverwaltung, und ihm den Ruf als einer der fähigsten römischen Kaiser aller Zeiten einbringen.

Der Weg zum Konsulat: Politische Ambitionen

Der Weg zum Konsulat markierte einen entscheidenden Wendepunkt in Trajans Karriere, als er begann, sich nicht nur als fähiger Militärführer, sondern auch als geschickter Politiker zu profilieren. Diese Phase seiner Laufbahn war geprägt von einem Wechselspiel aus Intrigen, Allianzen und kluger Selbstinszenierung, was auf die Komplexität des römischen politischen Systems hinweist. Ein System, in dem Familie, Einfluss und klug geknüpfte politische Netzwerke eine entscheidende Rolle spielten.

Trajans Aufstieg zum Konsulat darf nicht isoliert von seiner Herkunft betrachtet werden. Als Mitglied der Senatsaristokratie verfügte er über einen privilegierten Zugang zu den Machtzentren Roms. Die politische Landschaft war zu dieser Zeit stark von den Kaiserlichen Günstlingen dominiert, wobei persönliche Loyalität und militärische Erfolge eine wesentliche Rolle spielten. So wie der Historiker Tacitus es ausdrückte: „In einer Zeit, da Offiziersstellen nicht der Herkunft, sondern den Verdiensten zufallen, war Trajan ein geborener Mann der Legionen." („Annalen", Buch XI, 24)

Zusätzlich zur militärischen Erfahrung musste Trajan die Gunst einflussreicher Persönlichkeiten gewinnen. In dieser Hinsicht war seine Beziehung zu Kaiser Nerva, einem gemäßigten Herrscher, der um Ausgleich und Stabilität bemüht war, entscheidend. Nerva erkannte Trajans Potenzial als fähigen Administrator und scharfsinnigen Militär. Der römische Historiker Cassius Dio beschreibt diese Beziehung als eine der „wechselseitigen Bereicherung", bei der Trajan dem Herrscher loyal dient, während er gleichzeitig von dessen Patronage profitiert.

Die politische Integration in das urbane Gefüge Roms fiel Trajan jedoch nicht nur durch Gunstbeweise zu. Er bewies in dieser Phase auch diplomatisches Geschick und Weitsicht. Indem er Allianzen mit bedeutenden Senatoren knüpfte, sicherte er sich die notwendige Unterstützung für seine weiteren Ambitionen. Senatoren wie Lucius Licinius Sura und Aulus Cornelius Palma, die gleichermaßen eng mit ihm kooperierten, waren maßgeblich für seine politische Karriere von Bedeutung. Diese Verbindungen, die weit über bloße Zweckgemeinschaften hinausgingen, bildeten ein belastbares Fundament für Trajans konsularischen Weg.

Ein essentieller Aspekt war sein Verständnis der komplexen, oft ungeschriebenen Regeln des römischen politischen Spiels. Hierbei kam ihm sein militärisches Wissen gleichermaßen zugute wie seine Fähigkeit, politische Schachzüge abzuwägen und zu meistern. Die Fähigkeit, das politische Ränkespiel zum eigenen Vorteil zu nutzen, stellte gewissermaßen eine unverzichtbare Kompetenz dar. Wie Plinius der Jüngere in einem Brief über Trajan anmerkt: „Er hat die Kunst verstanden, sein Geleit klugen Ratschlags und diplomatischen Geschicks stets zu den Sternen der höchsten Anerkennung zu führen."

In summa legte Trajans Weg zum Konsulat nicht nur den Grundstein für seine zukünftige Herrschaft, sondern offenbarte auch seine Bemühungen, langfristig ein politisches Erbe zu gestalten, das auf einer breiten Unterstützungsbasis ruhte. Diese Basis sollte ihm nicht nur Aufstieg, sondern auch Stabilität in einer Zeit der häufigen politischen Umschwünge sichern - und so die Voraussetzungen schaffen für die spätere, blühende Ära unter seiner Herrschaft.

Das konsularische Jahr des Trajan symbolisierte daher mehr als nur den Höhepunkt einer außergewöhnlichen Karriere; es stand für das Geschick eines Mannes, der die Kunst der Macht in seinem ganzen Umfang beherrschte und es wie nur wenige vor ihm verstand, militärische Tugenden mit politischem Kalkül zu vereinen, um zum Idealbild eines römischen Führers zu werden.

Die Ernennung zum Statthalter in Germania

Die Ernennung von Marcus Ulpius Traianus, besser bekannt als Trajan, zum Statthalter in Germania stellt einen bedeutenden Wendepunkt in seiner Karriere sowie in der Geschichte des Römischen Reiches dar. Seine Zeit in dieser anspruchsvollen Position war geprägt von strategischer Voraussicht und Geschicklichkeit in der Verwaltung eines der herausforderndsten Gebiete des römischen Imperiums. Dieser Abschnitt beleuchtet nicht nur die Umstände und Auswirkungen von Trajans Ernennung, sondern auch seine innovative Herangehensweise an die Leitung der Provinz, die seine spätere Regierungsweise entscheidend prägte.

Germania, zwischen den Grenzen des Rheins und der Donau gelegen, war für die Römer ein hochsensibles Gebiet. Bereits die verheerende Niederlage in der Schlacht im Teutoburger Wald im Jahre 9 n. Chr. hatte gezeigt, wie schwer es war, diese Region dauerhaft zu kontrollieren. Die fortdauernde Gefahr durch germanische Stämme erforderte eine umsichtige und entschlossene Führung. Trajan, damals schon ein erfahrener Offizier und in den Reihen des römischen Militärs hoch geachtet, wurde von Kaiser Domitian um das Jahr 97 n. Chr. aus diesen Gründen als Statthalter nach Germania entsandt.

Die kaiserliche Ernennung war sowohl ein Vertrauensbeweis als auch eine Prüfung. Trajan verfügte bereits über eine beeindruckende militärische Bilanz, die es ihm ermöglichte, die komplexe Lage in Germania zu verstehen und zu navigieren. Seine Aufgabe war es, nicht nur die militärische Sicherheit zu gewährleisten, sondern auch das zivilrechtliche System zu stärken und die römische Präsenz in der Region zu konsolidieren. Diese Ernennung stellte eine ideale Gelegenheit dar, seine Fähigkeiten als Anführer und Verwalter unter Beweis zu stellen und war ein Sprungbrett, das ihm später den Kaisertitel einbrachte.

Trajan verfolgte eine Reihe von Maßnahmen, um Germania zu stabilisieren und die römische Herrschaft zu festigen. Zunächst verstärkte er die römischen Grenzbefestigungen und die Präsenz der Legionen, um potenziellen Angriffen der germanischen Stämme vorzubeugen. Historischen Quellen zufolge plante und erweiterte Trajan das Netz von Befestigungen und Militärlagern, die als Limes bekannt wurden ("Römischer Grenzwall"). Der Limes diente nicht nur als effektive Verteidigungslinie, sondern auch als Symbol römischer Stärke und Abschreckung.

Neben militärischen Maßnahmen legte Trajan auch großen Wert auf zivilen Fortschritt. Er förderte den Bau von Straßen, um das Landesinnere besser zu erschließen und die Integration der lokalen Wirtschaft in den römischen Handelsraum zu unterstützen. Laut Plinius dem Jüngeren, einem

Zeitgenossen Trajans, war Trajans Verwaltungsstil geprägt von einer "Verbindung von Gerechtigkeit und Strenge", die er mit außergewöhnlicher Effizienz umzusetzen wusste. Durch diese Bauprojekte festigte Trajan nicht nur die politische Kontrolle, sondern verbesserte auch die Lebensqualität der Bewohner der Region und stärkte die wirtschaftlichen Beziehungen.

Ein besonders bemerkenswerter Aspekt von Trajans Statthalterschaft war seine diplomatische Geschicklichkeit. Er hob sich durch seine Fähigkeit hervor, mit den lokalen Stammesführungen Diplomatie zu führen und funktionierende, wenn auch zeitweise und fragile, Allianzen zu etablieren. Diese strategischen Verbindungen stabilisierten die Region und trugen zu einem relativen Frieden in einer turbulenten und oft unruhigen Ecke des Reiches bei. Seine Taktik des "divide et impera" (teile und herrsche) wurde als effektives Mittel genutzt, um die Einflussnahme und Macht der germanischen Stämme zu zersetzen.

Zusammenfassend bereitete Trajans Amtszeit als Statthalter in Germania den Weg für das, was später als "das goldene Zeitalter des Römischen Reiches" bezeichnet werden sollte. Seine Initiativen legten den Grundstein für eine erweiterte und konsolidierte römische Herrschaft in einer stolzen und unberechenbaren Region. Die Erfolge und die bewiesene Führungskraft Trajans in dieser Schlüsselposition trugen maßgeblich dazu bei, dass er später als Nachfolger des römischen Kaisers Nerva zu einem der größten Kaiser der römischen Geschichte aufstieg. Seine Erfahrungen in

Germania dienten ihm bis zu seinem Lebensende als wertvolle Grundlage, die zur Großartigkeit seiner kaiserlichen Ambitionen beitrug.

Strategische Allianzen und Freundschaften

Im komplexen Geflecht der römischen Politik, voll von Intrigen, Machtkämpfen und strategischen Kalkülen, erwies sich Trajans Fähigkeit, erfolgreiche Allianzen und Freundschaften zu knüpfen, als entscheidend für seinen Aufstieg. Diese Beziehungen waren durchaus keine oberflächlichen Zweckgemeinschaften, sondern tief verwurzelte Partnerschaften, die auf gegenseitigem Vertrauen und gemeinsamer Vision beruhten. Um Trajans Netzwerk aus Verbündeten besser zu verstehen, muss man sich die politisch instabile Zeit vorstellen, in der er heranwuchs.

Ein wesentlicher Aspekt von Trajans Strategie war seine Verbindung zur Familie Aelius. Dieser Patrizierfamilie stand sein Schwiegervater Lucius Aelius Caesar vor, ein enger Freund des Kaisers Domitian. Diese Verbindung bot Trajan nicht nur eine stabile Plattform, um seine militärische Karriere zu verfolgen, sondern verschaffte ihm auch entscheidenden Zugang zu den Machtzentren in Rom. Die Freundschaft zwischen Lucius Aelius und Trajan war geprägt von einem tiefen gegenseitigen Respekt und einer gemeinsamen Perspektive, die die Zukunft Roms betraf. Gemäß Sueton, einem Historiker jener Zeit, „konnte Trajan sein politisches Geschick durch den Einfluss und das Prestige der Aelii bedeutend erweitern“ (Suetonius, _Vitae Imperatorum_).

Neben der Allianz mit den Aelii war Trajans strategische Nähe zu bedeutenden Militärführern von größter Wichtigkeit. Besonders hervorzuheben ist seine Beziehung zu Publius Aelius Hadrianus, dem Vater des späteren Kaisers Hadrian. Hadrianus diente nicht nur als Vorbild in militärischen Angelegenheiten, sondern stellte auch eine tragende Säule in Trajans Netzwerk dar. Diese Verbindung würde Trajan später die Unterstützung der römischen Truppen sichern, als es um Entscheidungen ging, die seine eigene Herrschaft betrafen.

Zusätzlich zu diesen persönlichen Beziehungen bewies Trajan großes Geschick in der Kunst der Diplomatie in den Provinzen, besonders in Germania. Als er zum Statthalter dieser Region ernannt wurde, knüpfte er engere Beziehungen zu den germanischen Stämmen, die Rom gegenüber noch misstrauisch waren. Trajan verhandelte erfolgreich Verträge, die sowohl die Sicherheit der Grenzen als auch wirtschaftliche Vorteile für Rom gewährleisteten. Diese diplomatischen Bemühungen förderten den Handel und stabilisierten die Region, was langfristig dazu beitrug, seine Popularität und seinen Einfluss in Rom zu festigen.

Ein weiterer essenzieller Verbündeter war Lusius Quietus, ein angesehener mauretanischer Offizier, der sich durch seine militärischen Fähigkeiten und Loyalität gegenüber Trajan auszeichnete. Quietus' Unterstützung wurde während der Dakerkriege von unschätzbarem Wert, da er entscheidende Siege in für Rom schwierigen Momenten sicherstellte. Kassius Dio, ein weiterer antiker Historiker, betont die Bedeutung der Beziehung zwischen Trajan und Quietus und hebt hervor, dass „ohne Quietus' militärisches Geschick die Erfolge, die Trajan errang, unvorstellbar gewesen wären" (Dio Cassius, _Historia Romana_).

Zusammenfassend lässt sich sagen, dass Trajans geschicktes Schmieden strategischer Allianzen und Freundschaften während seiner frühen Karriere eine zentrale Rolle spielte. Diese Verbindungen stellten sicher, dass Trajan nicht nur überlebte, sondern florierte, indem er eine breite Basis aus Unterstützung von hochrangigen Militärs, Provinzverwaltern und einflussreichen Familien schuf. Diese Netzwerke legten den Grundstein für seine spätere Herrschaft und sicherten seine Position als einer der größten Kaiser Roms.

Vom Praetor zum Legat: Verwaltungspositionen

Die Verwaltungspositionen, die Marcus Ulpius Traianus, bekannt als Kaiser Trajan, im Laufe seiner Karriere innehatte, waren von zentraler Bedeutung für seinen Aufstieg im Römischen Reich. Sie boten ihm nicht nur die Möglichkeit, wertvolle politische und administrative Erfahrung zu sammeln, sondern auch, seinen Stern am Horizont des römischen Machtgefüges hell leuchten zu lassen. Der Übergang vom Praetor zum Legaten markierte eine wesentliche Phase in dieser Entwicklung und war entscheidend für Trajans spätere Erfolgsbilanz als Kaiser.

Der Titel des Praetors war ein wahres Sprungbrett in der römischen Karriereleiter, das Trajan mit Umsicht nutzte. In der Rolle eines Praetors war Trajan für die Aufrechterhaltung der öffentlichen Ordnung und das Zivilgerichtswesen in Rom zuständig. Diese Position bot ihm nicht nur die Gelegenheit, sich im Verwaltungsapparat des Römischen Reiches zu beweisen, sondern auch, sein politisches Netzwerk zu erweitern. Wie der berühmte Historiker Cassius Dio feststellte, wurde "Trajans integrer Charakter und sein Engagement für Gerechtigkeit während seiner Amtszeit als Praetor wohlwollend von seinen Zeitgenossen aufgenommen".

Nach seiner erfolgreichen Amtszeit als Praetor folgte sein Aufstieg zum Legaten. Ein Legat war meistens ein militärischer Kommandant, der von entscheidender Bedeutung für die Ausführung von Kampagnen im Namen des Kaisers war. Die Ernennung zum Legaten brachte Trajan in eine Schlüsselposition innerhalb der römischen Armee, die ihm nicht nur militärischen, sondern auch politischen Einfluss verlieh. Insbesondere in Germania war Trajan als Legat ein Garant für Stabilität und eine Quelle der Inspiration für die

Legionäre. Plinius der Jüngere schrieb in einem seiner Briefe: "Trajan vereinte die Tapferkeit des Soldaten mit der Umsicht des Kommandanten."

Die Kombination aus zivilen und militärischen Aufgabenstellen unterstrich Trajans Vielseitigkeit als Verwalter und Führer. Sein administratives Geschick bewährte sich in der effizienten Verwaltung der ihm anvertrauten Gebiete, während seine militärische Expertise entscheidend war für die Bewältigung zahlreicher Herausforderungen an den Grenzen des Reiches. Dieses Zusammenspiel von Verwaltung und militärischer Führung verfeinerte Trajans Fähigkeit, sowohl die täglichen staatlichen Angelegenheiten als auch die Unwägbarkeiten der Kriegsführung zu meistern.

Diese Erfahrungen bereiteten Trajan auf zukünftige strategische und administrative Aufgaben vor, die er als Kaiser mit Bravour meistern sollte. Sie schufen das Fundament, auf dem er seine Herrschaft errichtete und das ihm ermöglichte, in den folgenden Jahren signifikante territoriale und wirtschaftliche Expansionen zu verwirklichen. Trajan verstand es, durch seine Positionen als Praetor und Legat unentbehrliche Einsichten in die Mechanismen des Reiches zu gewinnen, die zu einer erfolgreichen und langfristigen Stabilität führten. Dieser Aufstieg im Verwaltungsapparat beweist, dass Trajans Erfolg keineswegs ein Produkt des Zufalls war, sondern das Resultat strategischer Weitsicht und unermüdlicher Hingabe an das Wohl des Reiches.

Insgesamt betrachtet, waren die Jahre, die Trajan in diesen bedeutenden Verwaltungspositionen verbrachte, prägend für seinen Charakter und sein Verständnis der römischen Machtstrukturen. Sie unterstrichen die Bedeutung des imperialen Systems, in dem kluge Führung, verbunden mit einer tiefen Kenntnis des Militärs und der Verwaltung, als Grundpfeiler für den Erfolg eines Kaisers galten. Die Kombination dieser Rollen diente als Sprungbrett in seine unvermeidliche Rolle als Architekt des Goldenen Zeitalters des Römischen Reiches, das viele Jahrhunderte überdauern sollte.

Beziehungen zur senatorischen Elite: Netzwerke knüpfen

Der Aufstieg Kaiser Trajans im Römischen Reich war nicht nur das Resultat seiner militärischen Erfolge und seiner politischen Geschicklichkeit, sondern auch maßgeblich durch seine Fähigkeit geprägt, Beziehungen zu den einflussreichen Kreisen der senatorischen Elite zu knüpfen und zu festigen. Diese Netzwerke waren essenziell für einen Mann seiner Herkunft, insbesondere im Kontext des römischen Machtgefüges, das stark von einem komplexen Geflecht persönlicher Allianzen bestimmt wurde.

Als Angehöriger der senatorischen Klasse verstand Trajan die Wichtigkeit von Patronage und Klientel. In der römischen Gesellschaft basierten solche Bindungen oft auf der gegenseitigen Sicherung von Vorteilen: politische

Unterstützung, wirtschaftliche Förderung und sozialen Aufstieg. Trajan, sensibel für die Machtdynamiken dieser Epoche, navigierte diese Beziehungen mit bemerkenswerter Diplomatie und strategischem Weitblick.

Eine zentrale Figur in Trajans Netzwerk war Lucius Licinius Sura, ein prominenter Senator, dessen Einfluss und Ruhm in Rom wuchsen. Die Freundschaft zu Sura sicherte Trajan nicht nur wertvolle politische Unterstützung, sondern auch Zugang zu anderen wichtigen Kontaktpersonen innerhalb der römischen Oligarchie. Tacitus, in seinen Analen, macht indirekt Anspielungen auf Suras politische Gewandtheit und seinen Einfluss im Senat, was darauf hindeutet, dass Trajan durch diese Allianz entscheidend gestärkt wurde.

Die Wichtigkeit dieser Beziehungen zeigte sich insbesondere im Kontext seines Aufstiegs unter Kaiser Domitian. Während viele Mitglieder der Senatorenklasse unter der unbarmherzigen Herrschaft Domitians litten, navigierte Trajan geschickt durch die politischen Untiefen dieser Periode. Er konnte so nicht nur überleben, sondern seine Positionen im Reich weiter ausbauen. Seiner Fähigkeit, politische Entwicklungen abzuschätzen und darauf abgestimmt eine Vertrauensbasis zu schaffen, erlaubte es ihm, sich als verlässlicher und respektierter Akteur im Netz der senatorischen Familien zu etablieren.

Das Spinnen von Netzwerken beschränkte sich für Trajan nicht nur auf Rom selbst. Als Statthalter in Germania bewies er, dass seine Verbindungen auch in den Provinzen von Bedeutung waren. Durch geschickte Verwaltungsmaßnahmen und persönliche Bindungen zu einflussreichen Familien vor

Ort schuf er ein starkes Fundament für seine spätere Unterstützung in militärischen und administrativen Belangen. Seine Kommune mit senatorischen Verhältnissen beruhte hierbei auf gegenseitiger Anerkennung und dem gemeinsamen Bestreben, die Stabilität und den Wohlstand des Reiches zu festigen.

Trajans pragmatische Herangehensweise ist lehrreich für das Verständnis der sozialen Dynamiken im Römischen Reich. Derartige Netzwerke boten nicht nur Schutz und Unterstützung in Krisenzeiten, sondern auch fruchtbaren Boden für die Verwirklichung gemeinschaftlicher Projekte. Die Architekten von Trajans Macht waren nicht nur Krieger und militärische Strategen, sondern in hohem Maße Diplomaten, die kunstvolle Gewebe vertraulicher Beziehungen pflegten und verfestigten.

Zusammenfassend lässt sich erkennen, dass die Beziehungen zur senatorischen Elite ein entscheidender Faktor im Mosaik von Trajans Karriere waren. Seine politische Weitsicht, gepaart mit einer angeborenen Fähigkeit, Vertrauen und Allianzen zu kultivieren, ermöglichte ihm nicht nur den Aufstieg auf den Kaiserthron, sondern auch die dauerhafte Behauptung seiner Herrschaft über das Römische Reich. Die Historiker der späteren Jahrhunderte, wie beispielsweise Cassius Dio, würdigten seine Fähigkeit, eine Balance zwischen persönlicher Macht und der Unterstützung durch das senatiale Umfeld zu finden, was seine Resilienz und seinen nachhaltigen Einfluss unterstrich.

Die Herrschaftsantritt: Politische und militärische Herausforderungen

Der Weg zur Machtübernahme: Ein reibungsloser Übergang

Der Übergang von Domitian zu Trajan als Kaiser des Römischen Reiches markierte eine der seltenen Phasen der Stabilität und des schmerzlosen Machtwechsels in der römischen Kaiserzeit. Geleitet von politischen Weisheiten und strategischer Voraussicht, gelang es Trajan, dieses Regentschaftsdebakel ohne nennenswerte Erschütterungen zu vollziehen.

Die geheimen Absprachen, die zwischen den letzten Tagen Domitians und der Ernennung Trajans stattfanden, spiegeln sowohl taktisches Geschick als auch die verzweifelte Notwendigkeit wider, das krisengeschüttelte Imperium zu stabilisieren. Nach dem plötzlichen und gewaltsamen Tod Domitians im Jahr 96 n. Chr. durch einen Palastputsch, inszeniert von höfischen Intrigen, wurde Nerva, ein im Vergleich schwacher und kompromissorientierter Senator, zum Kaiser ernannt. Der greise Nerva, der sich in einer äußerst prekären politischen Lage befand, verstand die dringliche Notwendigkeit einer stärkeren Führung, die den militärischen Disziplinen und politischen Anforderungen gerecht würde.

Die Wahl fiel auf Marcus Ulpius Traianus, einen angesehenen General und Gouverneur der Germania Superior, der als geeigneter Kandidat zur Sicherstellung des Machterhalts erwählt wurde. Trajan stand für den militärischen Erfolg und die Loyalität gegenüber den behordlichen Strukturen, die das Rückgrat des römischen Staatenwesens bilden sollten.

Mit der Adaptio im Jahr 97 n. Chr., einer formellen Adoption durch Kaiser Nerva, sicherte dieser seine Nachfolge und garantierte gleichzeitig die Unterstützung der Armee, die in den vorangegangenen Monaten ihres Vertrauens in die Herrschaft zunehmend beraubt war. Tacitus, der berühmte Geschichtsschreiber des Alten Rom, verweist in seinen „Annalen" auf die politischen Beweggründe dieser Entscheidung: „Es war sowohl eine Notwendigkeit als auch eine taktische Meisterleistung in Zeiten der Not."[1]

Trajan wehrte sich stets gegen die Verlockungen eines abrupten Machtantritts und wählte stattdessen einen pünktlichen und maßvollen Übergang. Seine gelassene Natur und seine Fähigkeit, die zentrifugalen Kräfte des Reiches auszugleichen, führten zu einem reibungslosen Übergang in die Kaiserwürde. Diese Phase war auch geprägt von pragmatisierten Strategien, die darauf abzielten, die Elite des römischen Senats und die wachsamen Augen der Prätorianergarde nicht gegen sich aufzubringen.

Ein weiterer beachtenswerter Faktor bei dieser Machtübernahme war Trajans regionale Legitimität. Als gebürtiger Hispanier konnte er die gesamte westliche Hemisphäre des

Reiches auf eine Weise verbinden und beruhigen, die seinen italienischen Vorgängern oft nicht möglich war. Diese territoriale Vielseitigkeit erlaubte es Trajan, sich eine unantastbare Position innerhalb der internationalen Strukturen des römischen Imperiums zu sichern.

Der Weg zur Machtübernahme zeichnete sich nicht nur durch die Abwehr innenpolitischer Spannungen aus, sondern auch durch eine optimierte Verwaltungslage in Fragen der militärischen Macht und Integration. Diese zielführenden Entscheidungen und Maßnahmen verdeutlichten sein bewusstes Bestreben, ein resistentes und dauerhaftes kaiserliches Wahrzeichen zu hinterlassen, das ihm nicht nur die Loyalität der Truppen, sondern auch die Anerkennung der römischen Gesellschaft in einem kollektiven Sinn zugesicherte.

Trajans Machtübernahme während dieser für das Reich bedeutsamen Übergangsphase illustriert meisterhaft das Gleichgewicht zwischen traditioneller Romanität und innovativer Reformation. Diese Aspekte stellten sicher, dass Trajan nicht nur ein Kaiser des Friedens, sondern zugleich ein Herrscher der militärischen Stärke wurde – Wegbereiter für eine beispiellose Ära der Expansion und Konsolidierung.

Mit Bedacht ausgewählte politische Schritte, verbunden mit einer starken militärischen Unterstützung und der allgemeinen Akzeptanz durch die wichtigen Fraktionen der römischen Gesellschaft, etablierten die Grundlage für das, was als eine der erfolgreichsten Übergänge zu einem neuen Kapitel in der Geschichte Roms gelten sollte.

[1] Tacitus, *Annalen*, Buch IV.

Die Rolle des Senats bei Trajans Herrschaftsbeginn

Zu Beginn seiner Herrschaft stand Kaiser Trajan vor der anspruchsvollen Aufgabe, das komplexe Verhältnis zwischen Kaiser und Senat zu navigieren und zu definieren. Der Senat, das politische Herzstück Roms, war eine Institution, die sowohl als Beratergremium als auch als politisches Gewicht eine bedeutende Rolle im Römischen Reich spielte. Die Machtbalance, die Trajan etablieren musste, war entscheidend für die erfolgreiche Verwaltung des riesigen Imperiums.

Unter seinen Vorgängern hatte sich die Beziehung zwischen dem römischen Kaiser und dem Senat häufig angespannt gestaltet. Kaiser Domitian, beispielsweise, hatte ein zunehmend autokratisches Regime geführt, das Misstrauen und Feindseligkeit innerhalb der Senatoren schürte. Diese Erinnerung war bei Trajans Amtsantritt noch lebendig. Doch Trajan, bekannt für seinen strategischen Scharfsinn, sah in der Einbindung des Senats nicht nur eine traditionelle Verpflichtung, sondern eine Möglichkeit zur Festigung seiner Macht und zur Stabilisierung seiner Herrschaft.

Trajan verfolgte eine kluge Politik der Zusammenarbeit, die den Senat stärker in die Regierungstätigkeiten einband. Dies gelang ihm mit einem ausgleichenden Stil und durch ehrliche Kommunikation mit den Senatoren. Edward Gibbon beschreibt diesen Aspekt treffend in seiner „History of the Decline and Fall of the Roman Empire“, indem er betont: „Legalität und Gerechtigkeit, gepaart mit Versöhnung und Berater bei den höchsten Angelegenheiten des Staates, waren unter Kaiser Trajan nicht nur ideologische, sondern auch praktikable Staatsprinzipien.“

Der Senat erwiderte dieses Vertrauen und begrüßte Trajans Politik der Inklusion. In dieser Kooperation lag der Schlüssel zur Bewältigung der anstehenden politischen Herausforderungen. Entscheidungen, die die Verwaltung und die äußere Sicherheit des Reiches betrafen, wurden gemeinschaftlich erarbeitet, was zu einer Stärkung der innenpolitischen Stabilität führte.

Ein bedeutendes Element dieser Zusammenarbeit war Trajans Strategie der Ehrungen und Privilegien für Senatoren, die sich durch Loyalität und Tatkraft hervortaten. Diese Anerkennung schuf eine Atmosphäre des Vertrauens und entwaffnete potenzielle politische Gegner, indem sie die Machtkämpfe, die unter seinen Vorgängern so häufig die politischen Strukturen erschüttert hatten, entscheidend entschärfte.

Ein weiteres Instrument Trajans war die Reform der Prozesse zur Besetzung der Provinzstatthalter. Während vorherige Kaiser häufig persönliche Gefallen oder politische Kalküle über die Kompetenz stellten, führte Trajan eine Auswahlpolitik ein, die auf Fähigkeiten und Verdiensten der Senatoren basierte. Dies förderte nicht nur die Effizienz in der Verwaltung der Provinzen, es stärkte auch das Vertrauen der senatorischen Klasse in Trajans gerechte Herrschaft.

Diese integrative Vorgehensweise führte letztlich zu einer symbiotischen Beziehung zwischen dem Kaiser und dem Senat, die nicht nur die Ängste und Unsicherheiten der Senatoren zerstreute, sondern auch Trajans Autorität innerhalb des Imperiums festigte. Die gegenseitige Wertschätzung erwies sich als fruchtbar, da der Senat Trajan als einen Kaiser ansah, der die römischen Werte von Res Publica in einem Maße verkörperte, das selbst die Erinnerungen an die glorreichen Tage der Römischen Republik zu übertreffen schien.

Somit war Trajans Umgang mit dem Senat kein Rückfall in eine verspätete republikanische Politik, sondern ein innovativer Machtansatz, der dem römischen Kaisertum eine neue Dimension hinzufügte. Diese gelungene Integration in die Regierungsarbeit war ein fundamentaler Bestandteil von Trajans frühem Erfolg als Herrscher und trug maßgeblich zur Stabilität einer der goldensten Perioden der römischen Geschichte bei.

Innere Herausforderungen: Die Stabilisierung der römischen Verwaltung

Als Kaiser Trajan im Jahr 98 n. Chr. den römischen Thron bestieg, sah er sich mit zahlreichen inneren Herausforderungen konfrontiert, die die Stabilität des Reiches bedrohten. Ein zentrales Anliegen seiner Herrschaft war die Reform und Konsolidierung der römischen Verwaltung, die sich unter Domitian ineffizient und korrupt entwickelt hatte. Trajan erkannte, dass eine straffe und gerechte Verwaltung nicht nur für die Sicherheit des Reiches, sondern auch für den Wohlstand und das Vertrauen seiner Bürger entscheidend war.

Die römische Verwaltung war ein umfangreiches Netzwerk von Institutionen und Personen, das unverzichtbar für die Aufrechterhaltung der Ordnung und die Durchführung staatlicher Aufgaben war. Die Provinzen des Reiches mussten regiert, Steuern erhoben, öffentliche Arbeiten durchgeführt und das Recht aufrechterhalten werden. Ein ineffizientes System führte unweigerlich zu Verzögerungen, Korruption und letztlich zur Unzufriedenheit der Bevölkerung.

Einer der ersten Schritte Trajans bestand darin, die Effizienz der Provinzverwaltung zu erhöhen. Er beseitigte ineffektive oder korrupte Beamte und ersetzte sie durch loyale und kompetente Individuen. Zeitgenössische Quellen wie Plinius der Jüngere preisen Trajan für seine Auswahlverfahren, die weniger auf der Herkunft als vielmehr auf der Leistung der Kandidaten basierten. Dies führte zu einer inkrementellen Erneuerung der römischen Verwaltungselite mit Personen, die entschlossen waren, dem gemeinwohl zu dienen. Plinius betonte: "Es gibt keine größere Tugend im Amt als die Gerechtigkeit." (Plinius der Jüngere, Briefe, Buch X).

Ein weiteres wichtiges Element in Trajans Reformagenda war die Verbesserung der Kommunikation zwischen dem Zentrum und den Provinzen. Dazu wurde in den Provinzen ein System von Straßen und Infrastrukturprojekten verbessert und ausgebaut, um eine schnellere Übermittlung von Befehlen und Nachrichten zu gewährleisten. Die Förderung und der Ausbau des Straßennetzes waren unumgänglich, um Truppen schneller zu verlegen, Güter effizienter zu transportieren und die Verbreitung von Nachrichten durch die existierenden postalischen Kurierdienste zu verbessern. Historiker wie Cassius Dio lobten diese Anstrengungen als innovative Politik, die die Integrität und Kohärenz des Reiches maßgeblich stärkte.

Trajan setzte sich auch mit dem damals grassierenden Problem der Korruption auseinander. Um den weitverbreiteten Missbrauch öffentlicher Gelder zu bekämpfen, führte er strenge Kontrollen und Rechenschaftsprozesse ein. Büros und Verwaltungspositionen wurden nun regelmäßig geprüft, und die Veruntreuung von Geldern wurde unnachgiebig geahndet. Suetonius beschreibt in der "Leben der zwölf Caesaren", dass "... niemand mehr ungestraft das Reich plündern konnte, denn Trajan war ein gerechter und aufmerksamer Kaiser, über den niemand triumphieren konnte außer durch Ehrenhaftigkeit."

Ein zentraler Bestandteil der Reorganisation der Verwaltung war zudem die Reform des Steuersystems. Trajan erkannte, dass hohe Steuern die Loyalität der römischen Bürger gefährdeten und die Wirtschaft schwächten. Daher setzte er sich für eine gerechtere Verteilung der Steuerlast ein und führte Mechanismen ein, die Steuerbetrug verhindern sollten. Darüber hinaus wurde die Steuerverwaltung gestrafft, um die Einnahmen effizienter zu gestalten, was es Trajan ermöglichte, trotz seiner gewaltigen Bauprojekte und militärischen Unternehmungen einen stabilen Haushalt zu führen.

Der Erfolg bei der Stabilisierung der römischen Verwaltung kann nicht nur isoliert betrachtet werden. Er war ein integraler Bestandteil von Trajans umfassenderer Strategie, das Imperium zu stärken und zu konsolidieren. Seine Anstrengungen trugen wesentlich dazu bei, die innere Stabilität des Reiches zu gewährleisten und legten die Grundlagen für die Expansion und den Wohlstand, die seine Herrschaft kennzeichnen sollten. Rückblickend wird Trajan oft als einer der weitsichtigsten und effektivsten Verwalter angesehen, der seiner Nachfolgegeneration nicht nur ein größeres, sondern auch ein besser organisiertes und einheitlicheres Reich hinterließ.

Externe Bedrohungen: Die Sicherung der Grenzen des Imperiums

Die Herrschaft Kaiser Trajans markierte eine der glanzvollsten Epochen des Römischen Imperiums, geprägt durch territoriale Expansion und politische Stabilität. Doch bevor diese Blütezeit eingeläutet werden konnte, sah sich Trajan einer Vielzahl externer Bedrohungen gegenübergestellt, die eine akribische Sicherung der Grenzen des Imperiums erforderten. Diese Problematik war von besonderer Brisanz, da die geopolitische Lage Roms ständigen Veränderungen unterworfen war.

Im Westen standen die germanischen Stämme als notorisch unberechenbare Nachbarn, deren Bevölkerungsgruppen häufig in das römische Territorium eindrangen. Die strategisch wichtige Rhein-Grenze galt es zu verstärken, um weiteren Einfällen vorzubeugen. Trajan legte besonderen Wert auf den Ausbau und die Verstärkung der Limesanlagen, deren Errichtung bereits unter seinen Vorgängern begonnen hatte. Diese Grenzbefestigungen dienten nicht nur der Verteidigung, sondern auch dem wirtschaftlichen Austausch mit den barbarischen Völkern jenseits des Rheins. Laut der römischen Historikerin Cassius Dio war diese Doppelstrategie von entscheidender Bedeutung für die Stabilisierung der westlichen Grenze (Cassius Dio, Römische Geschichte, LVII, 6).

Eine mindestens ebenso große Herausforderung stellte der Osten des Reiches dar. Hier boten die Parther, ein traditionsreicher und technisch versierter Gegner, Anlass zur Sorge. Die geopolitischen Spannungen konzentrierten sich vor allem auf die Provinz Armenien, die als Pufferzone zwischen beiden Großmächten diente. Trajans weitsichtige Diplomatie zielte darauf ab, armenische Unabhängigkeitsbestrebungen sensibel zu managen, um den Status quo zu bewahren und einen Krieg mit den Parthern zu vermeiden. Der Gelehrte Plinius der Jüngere, ein enger Freund Trajans, lobte dessen diplomatisches Geschick, das den Frieden im Osten wahrte und den römischen Einfluss in der Region ausbaute (Plinius, Briefe, X, 3).

Neben diesen äußeren Gefahren drohte von den ebenfalls angrenzenden nordafrikanischen Gebieten Unruhe. Hier sorgten Berberstämme für kriegerische Auseinandersetzungen. Trajan reorganisierte die militärische Präsenz in Nordafrika und errichtete eine Reihe von Kastellen sowie Straßen, die eine schnellere Truppenverlegung ermöglichten. Diese Maßnahmen verstärkten die Kontrolle über die Provinz und sicherten die wichtigen Kornkammern, die für die Versorgung Roms unerlässlich waren.

Ein weiterer Aspekt der Grenzsicherung, der in Trajans strategischem Arsenal nicht fehlte, war die Integration und Loyalitätssicherung der Grenztruppen. Er verstand, dass die beste Verteidigung aus einer gut ausgebildeten und versorgten Armee bestand, die lokal rekrutiert worden war und somit die geografische und kulturelle Landschaft kannte. Durch gezielte Anreize und die Gewährung römischen Bürgerrechts an verdiente Soldaten förderte er die Motivation und die Kampfbereitschaft seines Heeres.

Zusammengefasst war Trajans Politik der Grenzsicherung von einer umfassenden Analyse und einem geschickten Balanceakt zwischen militärischer Stärke und diplomatischem Feingefühl geprägt. Er konnte nicht alle Bedrohungen beseitigen, doch schuf er durch geschicktes Management ein stabiles Fundament, auf dem die römische Macht auch in zukünftigen Generationen fußen konnte. Sein historisches Verdienst lag in der innovativen Kombination aus militärischer Präsenz und diplomatischer Verhandlung, die schließlich einen Großteil der bekannten Welt unter den römischen Adler sammelte.

Trajans militärische Reformen und deren Auswirkungen

Als Trajan im Jahr 98 n. Chr. den römischen Kaiserthron bestieg, war das Römische Reich von einer Vielzahl militärischer und politischer Herausforderungen geprägt. Eine der bemerkenswertesten Antworten des neuen Kaisers auf diese Herausforderungen waren seine umfassenden militärischen Reformen. Diese Reformen sollten nicht nur die Effizienz der römischen Armee steigern, sondern auch die Stabilität und Sicherheit des Reiches festigen. Unter Trajans Führung, einem der renommiertesten Feldherren seiner Zeit, erlebte das römische Militärwesen eine Phase tiefgreifender Veränderungen, deren Auswirkungen noch lange nach seinem Tod zu spüren waren.

Zu Beginn seiner Regierungszeit fokussierte sich Trajan zunächst auf die Reorganisation der Legionen, die das Rückgrat der römischen Streitkräfte bildeten. Historische Aufzeichnungen, wie die von Cassius Dio, weisen darauf hin, dass Trajan nicht nur die Zahl der Legionen erhöhte, sondern auch ihre Mobilität und Durchsetzungsfähigkeit verbesserte. Durch die Einrichtung neuer Kaserneinrichtungen und die Optimierung der militärischen Infrastruktur konnten die Legionen effizienter und schneller in Krisengebiete verlegt werden. Diese Maßnahmen waren entscheidend, um die territorialen Ausdehnungen des Reiches erfolgreich zu sichern.

Ein weiterer wichtiger Aspekt von Trajans militärischen Reformen war die Verbesserung der Kommunikation. Durch die Anlage weitverzweigter Straßennetze und die Errichtung neuer Befestigungsanlagen entlang der Grenzen ermöglichte Trajan eine schnelle Reaktion der Truppen auf potenzielle Bedrohungen. Die Straßen und Befestigungen galten als Meisterwerke der Ingenieurskunst ihrer Zeit und waren zentral für die Sicherung längerer Grenzlinien gegen äußere Angreifer. Außerdem förderten sie den inneren Handel und ermöglichten eine raschere Verteilung von Vorräten. Der Historiker Plinius der Jüngere preist in seinen Werken die Bedeutung dieser infrastrukturellen Errungenschaften für die Stabilität des römischen Reiches.

Trajan war sich auch bewusst, dass die moralische und psychologische Verfassung seiner Soldaten essenziell für deren Leistungsfähigkeit war. In diesem Zusammenhang implementierte er Maßnahmen zur Verbesserung ihrer Versorgung und Gehaltsstrukturen. Die Einführung finanzieller Anreize sowie die Gewährung von Landparzellen nach Ende des Militärdienstes waren Anreiz und Belohnung zugleich und führten zu einer erhöhten Loyalität und Kampfmoral innerhalb der Truppen. Die Loyalität gegenüber Trajan und dem Imperium war eine der Triebfedern, die es den römischen Streitkräfte erlaubte, sowohl interne Aufstände als auch externe Bedrohungen effektiv zu unterdrücken.

Darüber hinaus führte Trajan reguläre Übungs- und Manöverwochen ein, die die taktische Disziplin der Legionen stärken sollten. Diese Manöver erhöhten nicht nur die Kampfeffektivität während tatsächlicher Kriege, sondern ermöglichten den Soldaten auch, sich mit den strategischen und taktischen Neuerungen vertraut zu machen, die Trajan eingeführt hatte. Die Bedeutung dieser regelmäßigen militärischen Übungen für die langfristige Überlegenheit der römischen Streitkräfte kann kaum überschätzt werden.

Nicht zuletzt griff Trajan auf seinen reichhaltigen Erfahrungsschatz aus den Regionen des ehemaligen Germanienfeldzuges unter Domitian zurück, um die Truppen in den Grenzgebieten weiter zu stärken. Er reorganisierte die Einsatzkräfte in diesen Bereichen und führte Spezialeinheiten ein, die in der Guerillataktik und im unkonventionellen Kampf geschult waren, um auf die spezifischen Anforderungen dieser Regionen zu reagieren. Diese Einheiten wurden rasch zu einem unentbehrlichen Element der römischen Militärarchitektur und stärkten die römischen Positionen gegen unablässige Barbareneinfälle (vgl. Dio, "Römische Geschichte").

Zusammenfassend führten Trajans militärische Reformen zu einer eindrucksvollen Erhöhung der Schlagkraft, Beweglichkeit und Anpassungsfähigkeit der römischen Armee. Die Auswirkungen dieser Reformen reichten weit über seine Regierungszeit hinaus und bildeten die Grundlage für den militärischen Erfolg der römischen Kaiser in den folgenden Jahrzehnten. Die detaillierte Umsetzung und weitreichende Vision von Trajans militärischen Maßnahmen verdeutlichen seine herausragenden Fähigkeiten als Staatsmann und Strategen und erklären weitgehend, warum er zu den bedeutendsten Militärführern der römischen Geschichte zählt.

Die Eroberungskampagne in Dakien: Ein militärischer Drahtseilakt

Die Eroberung Dakiens war zweifelsohne einer der markantesten Höhepunkte der Herrschaft Kaiser Trajans und stellte für ihn einen außergewöhnlichen militärischen Drahtseilakt dar. Die Daker, ein Stammesverband im Raum des heutigen Rumäniens, hatten sich als zäher Gegner etabliert, gegen den bereits Trajans Vorgänger, Kaiser Domitian, verlustreiche Kampagnen geführt hatte. Die strategische Bedeutung Dakiens für das Römische Reich war immens. Seine Eroberung bot einerseits die Möglichkeit, die Donaugrenze nachhaltig zu stabilisieren, während andererseits die reichen Goldvorkommen der Region immense wirtschaftliche Vorteile versprachen.

Der Plan zur Eroberung Dakiens war nicht nur durch militärische Erwägungen, sondern auch durch politische Motivation geprägt. Trajan, als erfahrener Befehlshaber bekannt, plante akribisch und ging strategisch äußerst clever vor. Zunächst begann er im Frühjahr des Jahres 101 n. Chr. mit einem Überraschungsfeldzug, der von einer der größten militärischen Operationen seiner Zeit gekennzeichnet war. Mit einer Armee von etwa 100.000 Mann, zu der zahlreiche römische Legionen sowie Hilfstruppen gehörten, überschritt

Trajan die Donau. Der Fluss selbst stellte eine natürliche Barriere dar und erforderte den Bau von Brücken, die unter der Federführung des begnadeten Ingenieurs Apollodorus von Damaskus, errichtet wurden. Diese logistische Meisterleistung wurde durch die Errichtung der berühmten Trajansbrücke belegt, einem Meilenstein im antiken Brückenbau.

Beim ersten Angriff rückte Trajan auf die dakische Hauptstadt Sarmizegetusa zu. Eine der entscheidenden Schlachten war die Schlacht von Tapae, die als Wendepunkt der Kampagne bezeichnet werden kann. In The Roman History by Cassius Dio wird die Tapferkeit und Strategie Trajans in dieser Schlacht detailliert beschrieben und lobend hervorgehoben. Trotz schwerer Verluste und zäher Gegenwehr der Daker gelang es den römischen Truppen, signifikante Geländegewinne zu erzielen. Doch trotz anfänglicher Erfolge zeichnete sich schnell ab, dass der Krieg langwierig und verlustreich sein würde. Die Daker unter ihrem König Decebalus nutzten das unwegsame Gelände geschickt zu ihrem Vorteil und führten einen erfolgreichen Guerillakrieg, der den Römern beträchtliche Schwierigkeiten bereitete.

In den folgenden Monaten führte Trajan gezielt mehrere koordinierte Kampagnen durch, um die dakerischen Verteidigungslinien zu durchbrechen. Seine Strategie beinhaltete sowohl direkte militärische Konfrontationen als auch die blocade wichtiger versorgungslinien der Daker. Der Historiker Plinius der Jüngere, ein Zeitgenosse Trajans, erwähnte die außerordentliche Disziplin und das Durchhaltevermögen der römischen Truppen in diesen Berichten (Plinius, Briefe VI.27). Zugleich betrieb Trajan eine effektive Propaganda, die darauf zielte, die Moral innerhalb seiner Truppen hoch und die antike Öffentlichkeit von der Legitimität des Krieges zu überzeugen. Diese Bemühungen illustrieren seine Fähigkeiten nicht nur als Feldherr, sondern auch als taktisch kluger Politiker.

Der entscheidende Durchbruch gelang schließlich im Jahr 102 n. Chr. Nach hartnäckigen Gefechten sah sich Decebalus gezwungen, sich den Römern zu unterwerfen. Der erste Dakerkrieg endete mit einem formalen Frieden, in dem Dakien vorübergehend zum römischen Klientenstaat erklärt wurde. Doch der Frieden erwies sich als trügerisch: Decebalus nutzte die Zeit, um seine Streitkräfte wieder aufzubauen und Rache zu planen, was schließlich im Jahr 105 n. Chr. zum erneuten römischen Eingreifen führte. Trajans Entschlossenheit, das Problem dakischer Unruhe ein für alle Mal zu lösen, resultierte in einem noch umfassenderen Angriff.

Der zweite Dakerkrieg zeichnete sich durch die entschlossene Belagerung der Hauptstadt Sarmizegetusa aus. Trajan zog alle Register seiner militärischen Erfahrung, um die gut vorbereitete Verteidigung zu überwältigen. Nach mehreren intensiven Schlachten fiel Dakiens Festung, und Decebalus brachte sich selbst um, um nicht in römische

Gefangenschaft zu gelangen. Trajans triumphaler Sieg wurde durch monumentale Bauwerke innerhalb des Römischen Reiches gefeiert. Als bleibendes Zeugnis errichtete er die Trajanssäule in Rom, die mit ihren detaillierten Reliefs die Ereignisse dieser Kampagne schildert und als eines der bedeutendsten Propagandawerke ihrer Zeit gilt.

Schlussendlich stärkte die Eroberung Dakiens nicht nur die geopolitische Position Roms, sondern stellte auch Trajans Ruf als fähiger und weitsichtiger Kaiser sicher. Die Herausforderungen dieser militärischen Unternehmung waren immens, und ihr Erfolg wurde nur durch seine umsichtige Planung, Entschlossenheit und innovative Kriegskunst möglich. Die dakerischen Feldzüge wurden zu einem symbolischen Triumph des römischen Imperialismus, der sowohl die Stärke als auch die Kehrseite des unbändigen Expansionsstrebens Roms verkörperte.

Bündnisse und Feindschaften: Trajans diplomatisches Geschick

Als Kaiser Trajan im Jahr 98 n. Chr. den römischen Thron bestieg, stand er vor der komplexen Aufgabe, die diplomatischen Beziehungen seines Imperiums zu navigieren, die durch jahrzehntelange Kriege und politische Manöver geformt worden waren. Während seine militärischen

Errungenschaften häufig im Mittelpunkt stehen, bleibt sein diplomatisches Geschick oft im Hintergrund. Dennoch war es Trajans Fähigkeit, strategische Bündnisse zu schmieden und die Feindschaften seiner Vorgänger zu handhaben, die erheblich zu seiner erfolgreichen Herrschaft beitrugen.

Trajan trat die Nachfolge Nerva an, eines Kaisers, dessen Herrschaftszeit durch interne Spannungen und Unsicherheiten geprägt war. Nerva, dessen Alter und mangelnde militärische Stärke Zweifel an seiner Führungsfähigkeit aufkommen ließen, hatte den jungen, zugleich jedoch erfahrenen General Trajan adoptiert. Diese Adoption wurde als ein Meisterwerk diplomatischer Weitsicht angesehen und ermöglichte einen friedlichen Machtwechsel, indem sie die Loyalität der Truppen und der Provinzen sicherte. Tacitus, ein Zeitzeuge, bemerkte hierzu: "Nerva's Adoption Trajans war klug vorausgeplant und sicherte Rom den Frieden" (Tacitus, Annalen, Buch 1, Kap. 11).

Zu Trajans ersten diplomatischen Herausforderungen zählte seine Beziehung zum Partherreich. Die Parther stellten seit langem eine bedeutende Bedrohung für die östlichen Grenzen Roms dar. Anstatt jedoch eine sofortige Konfrontation zu suchen, bemühte sich Trajan, den bestehenden Frieden zu stabilisieren. Er erkannte, dass ein stures Beharren auf militärische Dominanz zugunsten eines flexibleren Umgangs mit rivalisierenden Mächten von Vorteil sein konnte. Als Resultat führten diese Bemühungen in seinen frühen Jahren zu einem temporären Gleichgewicht, das

Rom erlaubte, sich auf die Konsolidierung anderer Provinzen zu konzentrieren.

Ein weiteres Beispiel von Trajans diplomatischem Geschick manifestierte sich in seinem Umgang mit den germanischen Stämmen entlang der Donau. Während innerlich in Rom eine Anspannung wegen potenzieller Invasionen bestand, sah Trajan die Notwendigkeit, sich mit bestimmten Stammesführern zu verbünden. Diese Allianzen basierten oft auf klug vereinbarten Tributen und dem Titel ehrbarer Freundschaften, die in diplomatischen Missionen und Gesandtschaften zum Ausdruck kamen. Solche Maßnahmen halfen, die Stabilität in Regionen zu gewährleisten, die für Kaiser Domitian, Trajans Vorgänger, Unruheherde waren.

Nicht weniger wichtig war Trajans Geschick im Umgang mit den Reichen im Fernen Osten. Historische Quellen deuten darauf hin, dass er Interesse an Handelsverträgen zeigte, die dem römischen Staat nicht nur eine wirtschaftliche, sondern auch eine kulturelle Bereicherung boten. Indem er die römischen Handelswege auf Oasenstädte wie Palmyra erweiterte, legte Trajan den Grundstein für einen kulturellen Austausch, der lange über seine Herrschaft hinaus bestehen blieb. Der Geschichtsschreiber Cassius Dio fasst Trajans Bemühungen zusammen: "Er verstand die Kunst der Friedenserhaltung nicht nur durch Kriegsführung, sondern auch durch Handelsbeziehungen" (Cassius Dio, Römische Geschichte, Buch 68, Kap. 15).

Trajans diplomatisches Geschick reichte über formelle Beziehungen und Verhandlungen hinaus. In von Unruhen geplagten Provinzen setzte er auf integrative Maßnahmen, indem er römischen Bürgern, die in entlegene Teile des Imperiums umsiedelten, Privilegien gewährte. Diese Form von "sozialer Diplomatie" half nicht nur, den römischen Einfluss zu stärken und effizient zu festigen, sondern trug auch zur Erhaltung des sozialen Friedens bei.

Die Historikerinnen G. W. Bowersock und H. G. Ungricht kommen zu dem Schluss, dass "Trajans Diplomatie vielleicht subtiler und weniger spektakulär als seine militärischen Eroberungen war, jedoch dieselben langanhaltenden Auswirkungen auf die Struktur des Römischen Reiches hatte" (Bowersock & Ungricht, Diplomatie und Kriegführung im römischen Reich, S. 142). Ohne Zweifel beherrschte Trajan die Kunst der Diplomatie meisterlich und entwickelte sie zu einer seiner beherrschenden Fähigkeiten seiner Amtszeit.

Die Finanzierung der Militärkampagnen: Herausforderungen und Lösungen

Die Finanzierung der Militärkampagnen war eine zentrale Herausforderung während der Herrschaft Kaiser Trajans. Mit seiner Machtübernahme im Jahr 98 n. Chr. fand er eine

Situation vor, die sowohl von der Notwendigkeit militärischer Expansion als auch von wirtschaftlichen Engpässen geprägt war. Römische Kaiser standen oft vor der Herausforderung, die immense Kostenlast für die Aufrechterhaltung und Expansion des Imperiums zu schultern. Dies war besonders akut, da Trajan sich anschickte, das Territorium des Römischen Reiches substanziell zu erweitern.

Die Finanzierung der römischen Armee basierte weitgehend auf einem komplexen System öffentlicher Finanzen, das Steuererhebungen, Tribute und den Einsatz von Reserven umfasste. Laut Cassius Dio, einer der wichtigsten Quellen über Trajans Herrschaft, war dieser Kaiser besonders geschickt darin, die finanziellen Ressourcen des Reiches effizient zu verwalten. Die militärischen Kampagnen, insbesondere jene gegen Dakien, erforderten signifikante Ausgaben - von der Entlohnung der Legionäre bis zur Versorgung der Armeen.

Eine der bemerkenswerten Strategien Trajans war die Expansion des römischen Steuerwesens. Dr. Mary T. Boatwright beschreibt in ihrem Werk "Trajan: Optimus Princeps" (1997), dass Trajan die fiskalische Basis des Imperiums stärkte, indem er die Effizienz der Steuererhebung verbesserte und Steuerhinterziehung bekämpfte. Hierbei setzte er auf eine Reform des Budgetierungsprozesses, der es den verschiedenen Administratoren ermöglichte, die für die Armee bestimmten Gelder transparenter und effizienter zu verwalten.

Zusätzlich floss ein erheblicher Teil der erforderlichen Mittel aus der Plünderung eroberter Gebiete. Der Sieg über Dakien war in dieser Hinsicht besonders profitabel. In seiner Schrift "Römische Geschichte" hebt Cassius Dio hervor, dass die Beute aus dieser Kampagne erheblich zu den finanziellen Mitteln des Reiches beitrug. Die Sicherstellung und der Transport der gewonnenen Rohstoffe, insbesondere Gold und Silber aus den reichen Minen Dakiens, halfen, die Schatzkammern Roms nachhaltig zu füllen.

Neben unmittelbaren finanziellen Vorteilen bot Dakien auch langfristige wirtschaftliche Chancen. Durch die Integration neuer Gebiete in das römische Wirtschaftssystem konnte Trajan die Steuerbasis des Reiches erweitern. Diese Einbindung neuer Ressourcen und Handelswege ist ein zentraler Aspekt der dauerhaften wirtschaftlichen Stabilität, die unter seiner Herrschaft erreicht wurde.

Trajan erkannte auch die Notwendigkeit, über eine bloße militärische Finanzierung hinauszugehen. Er investierte in Infrastrukturprojekte, die sowohl militärische als auch zivile Vorteile hatten. Dazu zählten der Bau von Straßen und Brücken, die den schnellen Truppentransport ermöglichten und gleichzeitig den Handel ankurbelten. Der Historiker Colin Wells bemerkt in "The Roman Empire" (1992), dass durch diese Maßnahmen nicht nur die militärische Effizienz erhöht, sondern auch die wirtschaftliche Integration der Provinzen gefördert wurde.

Trajans innovativer Ansatz bei der Finanzierung der Militärkampagnen ist ein zentrales Beispiel für seine umfassende strategische Sichtweise. Durch die geschickte Verwaltung des Staatshaushalts und die gezielte Nutzung eroberter Ressourcen konnte er die erforderlichen Mittel bereitstellen, um seine militärischen Ambitionen zu verwirklichen. Dies verlieh nicht nur seiner Herrschaft Stabilität, sondern trug auch erheblich zur Expansion des Römischen Imperiums bei. Trotz der intensiven Ausgaben für den Krieg gegen die Daker und später die Parther konnte Trajan ein Gleichgewicht zwischen wirtschaftlicher Expansion und finanzieller Vernunft bewahren - ein Vermächtnis, das seinen Ruhm als einer der größten Kaiser Roms begründet.

Der Einfluss Trajans auf das römische Militärwesen

Mit dem Beginn seiner Herrschaft sah sich Kaiser Trajan mit einer Vielzahl von Herausforderungen konfrontiert, die nicht nur diplomatischer und verwaltungstechnischer Natur waren, sondern insbesondere auch den militärischen Bereich betrafen. Die römische Armee, das Rückgrat des Imperiums, musste angesichts der ausgedehnten Grenzen des Reiches effizient organisiert und geleitet werden. Trajan, selbst ein bewährter Feldherr, erkannte früh die Notwendigkeit, das Militärwesen zu reformieren, um den bestehenden und absehbaren Anforderungen gerecht zu werden.

Trajans Einfluss auf das römische Militärwesen lässt sich auf mehrere Kernaspekte zurückführen, darunter die Umstrukturierung der Truppen, die Entwicklung neuer Taktiken und der strategische Ausbau von Befestigungen. Eine der herausragendsten Maßnahmen Trajans war die Verstärkung und Neuorganisation der Legionen, die er zur Absicherung und Expansion der römischen Grenzen einsetzte.

Der Historiker Dio Cassius beschreibt in seinen "Römischen Geschichten" (Buch 68, Kapitel 1) Trajan als einen Kaiser, der eng mit seinen Soldaten verbunden war und um deren Ausbildung und Ausrüstung stets bemüht war. Diese Nähe zu den Truppen förderte deren Loyalität und Effektivität. Trajan legte großen Wert darauf, dass seine Soldaten nicht nur körperlich fit, sondern auch taktisch gut ausgebildet waren. Diese Einstellungen führten zu einem erhöhten professionellen Standard innerhalb der Armee, der die römischen Streitkräfte noch mächtiger und anpassungsfähiger machte.

Ein entscheidendes Element in Trajans Militärpolitik war die Innovation innerhalb der Truppengattungen. Er führte spezialisierte Einheiten wie die "Equites Singulares Augusti" ein, eine elite Kavallerieeinheit, die direkten Zugang zum Kaiser hatte und für spezielle Missionen eingesetzt wurde. Zugleich wurde der Ausbau der auxilia-Truppen vorangetrieben, die aus lokalen Söldnern bestanden und den Legionen durch ihre lokale Expertise zur Seite standen. Diese Kombination aus römischer Disziplin und lokaler Kenntnis stellte eine unschlagbare Kraft dar.

In technischer Hinsicht trieb Trajan den Ausbau von Befestigungsanlagen entlang der Grenzen voran, um das Imperium vor äußeren Bedrohungen besser zu schützen. Der berühmte Limes Germanicus, dessen Existenz in der Arbeit "Der römische Limes in Deutschland" von Dietwulf Baatz detailliert beschrieben wird, ist ein markantes Beispiel für solche fortifikatorischen Maßnahmen. Diese befestigten Grenzanlagen, bestehend aus Wällen, Wachtürmen und Kastellen, ermöglichten eine bessere Kontrolle über das Grenzgebiet und verbesserten so die defensive Schlagkraft der dort stationierten Einheiten.

Ebenso bedeutend für Trajans Militärwesen war der logistische Aspekt. Die Versorgung der Truppen spielte in seiner Strategie eine zentrale Rolle. Gottlob Schilling schreibt in "Die römische Strategie zur Zeit Trajans", dass durch den Bau von Straßen und der Verbesserung der Transportwege die Rüstungs- und Versorgungslinien tragfähiger wurden. Dank solcher Infrastrukturmaßnahmen konnten römische Truppen schneller und effizienter an strategisch wichtige Orte verlegt werden, was sich insbesondere in den späteren Dakerkriegen als entscheidend erwies.

Trajans Reformen im römischen Militärwesen zeigten darüber hinaus einen nachhaltigen Einfluss auf die römische Kriegskunst. Die Harmonie zwischen neuen Taktiken und den technologischen Fortschritten, kombiniert mit seiner Fähigkeit, das Militärwesen effizient zu verwalten, trug maßgeblich dazu bei, dass die römische Armee unter Trajan nicht nur ein Instrument der Eroberung war, sondern auch ein Garant für Stabilität und Sicherheit im Reich.

Der Impakt, den Trajan auf das römische Militärwesen hatte, erstreckte sich über seine eigene Regierungszeit hinaus und legte die Grundlagen für die militärischen Erfolge seiner Nachfolger, weshalb seine strategischen Entscheidungen vielfach als bahnbrechend angesehen werden. Die Symbiose von militärischem Pragmatismus und innovativen Reformen machte Trajan zu einem der einflussreichsten Militärstrategen seiner Zeit und trug wesentlich zu seinem Ruf als einer der fähigsten römischen Kaiser bei.

Die Konsolidierung der Macht: Strategien und Erfolge

Die Herrschaft Kaiser Trajans markierte einen entscheidenden Wendepunkt in der Geschichte des Römischen Reiches, geprägt durch kluge Strategien zur Konsolidierung der Macht. Durch eine Reihe von geschickten politischen und militärischen Maßnahmen festigte Trajan seine Position und legte den Grundstein für eine Epoche des Wohlstands und der Expansion.

Ein zentraler Aspekt von Trajans Herrschaft war seine Fähigkeit, die im Reich existierenden Machtstrukturen effektiv zu nutzen und gleichzeitig Reformen einzuleiten, die seine Stellung weiter festigten. Bereits seit seiner Jugend im Militär sah man in ihm den aufstrebenden Anführer, der durch Disziplin und strategisches Denken beeindruckte. Sein Aufstieg in der Hierarchie des Reiches gipfelte schließlich in der Übernahme der Kaiserwürde. Es handelte sich um einen Zeitpunkt, an dem das Reich selbst schwankte, geprägt durch innere Unruhen und äußere Bedrohungen.

Trajan erkannte, dass die Konsolidierung seiner Macht nicht nur auf militärische Stärke allein beruhen konnte. Das Vertrauen der römischen Eliten war ebenso entscheidend, um langfristige Stabilität zu gewährleisten. Eine seiner ersten Maßnahmen als Kaiser war es, den Senat für sich zu gewinnen – eine Institution, die, obwohl sie formell an Einfluss verloren hatte, immer noch die aristokratische Elite Roms repräsentierte. Indem er das Vertrauen dieser entscheidenden Gruppe gewann, konnte Trajan eine solide Unterstützung für seine Reformen sicherstellen. Gemäß Tacitus „verstand Trajan die hohen Künste der imperialen Machtkonsolidierung, indem er weder die Vorstellungen der Alten vernachlässigte noch die Erwartungen der Neuen enttäuschte" (Tacitus, *Historiae*).

Parallel dazu vollzog Trajan strategische Anpassungen in der militärischen Struktur. Er verbesserte die Disziplin und Effektivität der Legionen, indem er sie regelmäßig mit erfahrenen Offizieren aufstockte und sie mit besserer Ausrüstung versorgte. Diese Reformen führten nicht nur zu einer schlagkräftigeren Armee, sondern auch zu einer höheren Loyalität innerhalb der Truppen. Trajan selbst war bekannt dafür, seine Soldaten durch eigene Anwesenheit zu motivieren und Auseinandersetzungen an vorderster Front zu führen. Er führte die sogenannte „Aquila"-Strategie ein, die darauf abzielte, die römischen Adler—stolze Symbole der Legionen—erneut zur Verkörperung von Stärke und Tapferkeit zu erheben: „In der vereinten Kraft der Adler liegt das Herz des Imperiums," schrieb Sueton in seiner Lobeshymne auf den Kaiser (*De vita Caesarum*).

Eine weitere Säule von Trajans Machtkonsolidierung war die diplomatische Geschicklichkeit, mit der er Bündnisse schmiedete und Feindschaften entschärfte. Durch kluge diplomatische Verhandlungen mit benachbarten Völkern konnte er potenzielle Bedrohungen neutralisieren, bevor sie zu ernsthaften Gefahren wurden. Ein bemerkenswertes Beispiel dafür war seine Einigung mit König Decebalus von Dakien, die für eine gewisse Zeit den Frieden in dieser Region sicherte. Dies ermöglichte Trajan, seine Ressourcen zu bündeln und sie in verstärkten zivilen Aufbauprojekten zu verwenden.

Auch die ständige Sicherung der Grenzen war ein Hauptaugenmerk Trajans, welcher durch den Bau einer Reihe von Festungen entlang des Limes und den Ausbau der militärischen Infrastruktur im gesamten Imperium erreicht wurde. Diese Maßnahmen bescherten ihm nicht nur verteidigungstechnisch einen Vorsprung, sondern auch durch die Integration regionaler Behörden in das Reichsgefüge, wodurch der wirtschaftliche Wohlstand gefördert wurde.

Trajans Mischung aus militärischem Geschick, kluger Diplomatie und administrativen Reformen trug maßgeblich zur Stabilität und Prosperität des Römischen Reiches bei. Indem er sowohl innere wie auch äußere Herausforderungen meisterte, gelang es ihm, die Basis für eine Goldene Ära zu legen, die noch lange nach seinem Ableben Bestand hatte. Trajans Kunstfertigkeit wird in den Worten von Cassius Dio zusammengefasst: „Trajan hinterließ ein Reich, das nicht nur in Grenzen, sondern im Geiste gewachsen ist“ (*Historia Romana*).

Expansion und Konsolidierung: Die Dakerkriege

Die politischen und militärischen Vorbedingungen der Dakerkriege

Die Zeitspanne vor den Dakerkriegen war von bedeutsamen politischen und militärischen Entwicklungen geprägt, die die Bühne für das römische Eingreifen in Dakien bereiteten. Diese Phase des Römischen Reiches war charakterisiert durch eine Mischung aus innerem Wandel und äußerem Druck, die den Bedarf nach einer Expansion über die Donau hinaus rechtfertigten. Ein wesentlicher politischer Faktor war die konsolidierte Machtstellung des Römischen Reiches unter der flavischen Dynastie, die durch Kaiser Domitian (81–96 n. Chr.) begann und in der Herrschaft von Trajan (98–117 n. Chr.) kulminierte. Domitian hatte bereits erste kriegerische Auseinandersetzungen mit den Dakern geführt, die jedoch weder eine endgültige Befriedung noch eine territoriale Absicherung boten. Diese Kriege hinterließen einen fragilen Frieden, der durch tributartige Maßnahmen erkauft und durch mangelnde römische Präsenz in der Region bedroht war.

Militärisch war das Römische Reich bestrebt, seine Grenzen zu sichern, insbesondere entlang der anspruchsvollen

Donaulinie. Diese Grenze markierte nicht nur die Peripherie des Reiches, sondern war auch durch wiederkehrende Angriffe von benachbarten Stammeskonföderationen gefährdet. Dakien, gelegen auf der nördlichen Seite der Donau, stellte in dieser Hinsicht eine strategische Bedrohung dar, insbesondere durch seinen prominenten Herrscher, König Decebalus, der sich als einnehmender Taktiker und geschickter Diplomat erwies. Vor Trajans Aufstieg zum Kaiser hatte die Region durch eine inhärente Instabilität und das Fehlen eines robusten Grenzschutzes die römische Besorgnis erregt. Der Vertrag von 89 n. Chr., der Domitian zwangsweise mit Decebalus schloss, erkannte die Autonomie der Dakern an und verpflichtete Rom, Tribute zu zahlen. Diese Vereinbarung war im Wesentlichen ein Zeichen der Schwäche und bereitete den Boden für zukünftige Konfrontationen.

Nicht minder bedeutend waren die wirtschaftlichen Aspekte. Dakien, reich an Gold und anderen Bodenschätzen, war ein attraktives Ziel für römische Expeditionen. Die Kontrolle dieser Ressourcen versprach nicht nur unmittelbare wirtschaftliche Vorteile, sondern auch eine langfristige Stabilisierung der römischen Währung und der ökonomischen Macht des Reiches. In "Die Zeit der Macht: Entwicklungen in der römischen Geldpolitik" beschreibt Historiker Keith Hopkins, dass die Sicherung von Goldvorkommen im dakischen Gebirge eine der treibenden Kräfte hinter Trajans Entschluss war, seine militärische Stärke in diese Richtung zu lenken.

So war die Initiierung der Dakerkriege unter Trajan nicht lediglich durch militärische Ambitionen motiviert, sondern ein gut geplanter und strategisch durchdachter Schritt, der sowohl zur Sicherung des römischen Erbes als auch zur Förderung von Trajans persönlichem Ruhm konzipiert war. Trajans Fähigkeiten als General und Staatsmann in Kombination mit den gesammelten Erfahrungen seiner kommandierenden Offiziere, viele von ihnen Veteranen aus den vorangegangenen Kampagnen, erlaubten es ihm, einen umfassenden Kriegsplan gegen Dakien zu entwickeln und durchzuführen.

Jener Plan, der 101 n. Chr. in der ersten dakischen Offensive manifestiert wurde, war das Resultat einer sorgfältigen Analyse der politischen und militärischen Vorbedingungen, durch die Trajan zuversichtlich und mit einer klaren Vision in den Kampf zog – eine neue Ära für Rom als dominierende Macht in der Region musste beginnen. Das erfolgreiche Management dieser Herausforderungen bewirkte so nicht nur den Anfang der Expansion über die Donau hinaus, sondern auch eine nachhaltige Etablierung des Kaisertums Trajans selbst.

Trajan und die Herausforderung des Dakerkönigs Decebalus

Im frühen 2. Jahrhundert nach Christus stand das Römische Reich vor einer bedeutenden Herausforderung, die aus den wilden und gebirgigen Regionen Dakiens kam. An der Spitze dieser Bedrohung stand Decebalus, ein charismatischer und entschlossener Führer, der in den Jahren vor Trajans Herrschaft wiederholt die römischen Grenzbefestigungen an der unteren Donau herausgefordert hatte. Um die tiefere Bedeutung dieses Konflikts und seiner Auswirkungen auf das Imperium Romanum zu verstehen, ist es essenziell, sowohl Trajans Strategie als auch Decebalus' Taktiken und Motivationen zu beleuchten.

Decebalus, dessen Name im Altdakischen mächtiger Anführer bedeutet, galt als ein geschickter und vorausschauender Herrscher, der sowohl in kriegerischer als auch in diplomatischer Hinsicht die Geschicke seines Volkes lenkte. Sein Königtum stellte eine ernsthafte Opposition zu Rom dar, indem es ein Netz von Allianzen in der Region schmiedete und so die Kontrolle über das lebenswichtige Gebiet jenseits der Donau behauptete. Decebalus verstand es, die natürliche Geographie Dakiens zu seinem Vorteil zu nutzen, indem er seine Verteidigungsanlagen in schwer zugänglichen Bergregionen errichten ließ.

Die politische und militärische Bedeutung Dakiens für Rom kann nicht überschätzt werden. Das Land war nicht nur reich an Bodenschätzen wie Gold und Silber, sondern kontrollierte auch wichtige Handelsrouten in der Region. Diese Faktoren machten es zu einem strategischen Ziel für Trajan, der die Bestrebungen seines Vorgängers, Kaiser Domitian, fortführen wollte. Domitian war es trotz zahlreicher Kampagnen nicht gelungen, Decebalus dauerhaft zu unterwerfen, was das Risiko von Unruhen an der Grenze des Reiches erhöhte.

Trajan, ein erfahrener General und versierter Politiker, erkannte sowohl die Gefahren als auch die Möglichkeiten, die Dakien bot. In ihm sah er nicht nur eine Gelegenheit zur Erweiterung des Kaiserreichs, sondern auch die Chance, seine Position als mächtiger und entschlossener Herrscher zu festigen. Er war entschlossen, die militärische Überlegenheit Roms zu demonstrieren und die Dakische Frage ein für alle Mal zu klären. Bereits früh in seiner Herrschaft begann er mit sorgfältigen Vorbereitungen für eine große militärische Kampagne gegen die Daker, wobei er die Armee sowohl materiell als auch moralisch auf die bevorstehenden Herausforderungen vorbereitete.

Unter der Führung Trajans wurden die römischen Legionen mit modernster Ausrüstung ausgestattet und die Infrastruktur entlang der Donau entscheidend verbessert, um eine doppelte Invasion vorzubereiten. Trajan führte persönliche Inspektionen durch und machte sich mit den geographischen Besonderheiten des kriegerischen Schauplatzes vertraut. Der Kaiser zeigte dabei eine bemerkenswerte Mischung aus strategischem Weitblick und taktischer Flexibilität, die im kommenden Konflikt von entscheidender Bedeutung war.

Im Gegensatz dazu setzte Decebalus auf Guerilla-Taktiken und eine Verteidigung in der Tiefe, um den Vormarsch der weit überlegenen römischen Kräfte zu verzögern. Er baute auf die widerstandsfähige moralische Haltung seines Volkes und die Loyalität seiner Krieger, die für ihre Unerschrockenheit im Angesicht anderslandischer Übermacht bekannt waren. Dies führte zu einer Reihe erbitterter Gefechte und Täuschungsmanöver, die Trajans Durchhaltevermögen und militärische Fähigkeiten auf eine harte Probe stellten.

Der bevorstehende Konflikt zwischen Trajan und Decebalus war mehr als eine bloße militärische Auseinandersetzung; er war ein Kampf der Kulturen, des Willens und der politischen Strategien. Diese historische Begebenheit sollte als wegweisend für die künftige Stabilität der römischen Grenze im Osten angesehen werden und markierte einen entscheidenden Wendepunkt in der Geschichte des Römischen Reiches.

Die Quellenlage zu diesem Konflikt speist sich aus verschiedenen antiken Berichten, darunter die "Historia Romana" von Cassius Dio und zeitgenössische Darstellungen auf den monumentalen Reliefs der Trajanssäule in Rom. Diese Kunstwerke wie auch die literarischen Zeugnisse bieten einen lebendigen Einblick in die kriegerischen wie politischen Dynamiken jener Epoche und sind unverzichtbare Zeugnisse für das Verständnis der Beziehungen zwischen Rom und seinen Nachbarn.

Zusammenfassend bleibt festzuhalten, dass die Herausforderung durch Decebalus Trajan die Möglichkeit eröffnete, sich als einer der größten Kaiser Roms zu beweisen, der nicht nur den Ruhm römischer Waffen festigte, sondern auch das Ansehen Roms als überlegene Macht in der antiken Welt stärkte. Die Konfrontation mit dem Dakerkönig Decebalus kann somit als Schlüsselkapitel in der Geschichte sowohl Roms als auch Dakiens betrachtet werden, dessen Auswirkungen Jahrhunderte überdauerten.

Die erste Dakerkampagne (101–102 n. Chr.)

Die erste Dakerkampagne von 101 bis 102 n. Chr. repräsentiert einen entscheidenden Moment in der Herrschaft Kaiser Trajans und bildet den Auftakt zu einem der folgenreichsten militärischen Konflikte, in dessen Verlauf das Römische Reich seine territoriale Ausdehnung erfuhr. Diese Feldzüge sind nicht nur bemerkenswert aufgrund der strategischen Brillanz, mit der sie geführt wurden, sondern auch wegen der geopolitischen und imperialen Konsequenzen, die sie für Rom und seine Nachbarn hatten.

Nachdem der Friedensvertrag zwischen Rom und Dakien, der unter Kaiser Domitian geschlossen worden war, zunehmend brüchig geworden war, sah sich Trajan mit einem zunehmend selbstbewussten und teilweise aufrührerischen Dakien konfrontiert. Decebalus, der gewiefte und kluge König der Daker, hatte die Anthalten nicht nur konsolidiert, sondern Dakiens militärische Festungen verstärkt und einen föderationsähnlichen Bund von Stämmen unter seiner Führung gebildet. Diese Bedrohung konnte das Imperium nicht ignorieren, ohne die eigene Autorität und Stabilität an der Nordgrenze zu gefährden.

Trajan, der durch seine militärische Karriere und seine Fähigkeiten als Stratege bereits vor seinem Herrschaftsantritt Respekt erworben hatte, betrachtete die Herausforderung, die von den Dakern ausging, nicht nur als eine Notwendigkeit zur Wahrung des Römischen Imperiums, sondern auch als eine Gelegenheit für glorreichen militärischen Ruhm. Es wurde sorgfältig eine Expedition geplant, deren Ziel es war, die Vormachtstellung Roms im unteren Donauraum zu festigen und zugleich die strategisch wertvolle Region Dakien in den römischen Machtbereich zu integrieren.

Die Vorbereitungen für die erste Kampagne begannen synchron mit der Mobilisierung einer der modernsten und schlagkräftigsten Heere der damaligen Welt. Quellen wie der römische Historiker Cassius Dio berichten von der außerordentlichen Disziplin und der Logistik, die die römische Armee auszeichnete: „Die Präzision der Armeeleistung und die Organisation römischen Kriegswesens beruhten nicht nur auf taktischer Überlegenheit, sondern auch auf der gut durchdachten Versorgung und der Strategie der Belastbarkeit." (Cassius Dio, „Römische Geschichte", LXVIII, 6, Übersetzung A.).

Im Jahr 101 n. Chr. überschritten Trajans Truppen unter Einhaltung einer präzise orchestrierten Bewegung die Donau, während Ingenieure auf Befehl des Kaisers den Bau von strategisch wichtigen Brücken und Festungen vorantrieben, um rasche Truppenbewegungen zu erleichtern und gleichzeitig die Kommunikationswege zu sichern. Die Armee wurde in mehrere Kolonnen unterteilt, um Dakien von mehreren Seiten zu bedrängen und so den Gegner zu verwirren und Wehrkraft zu schwächen.

Der erste bedeutende Zusammenstoß fand bei der Schlacht von Tapae statt, einem Engpass, der eine Schlüsselstellung in der Eroberungsstrategie darstellte. Die Daker verteidigten ihre Position mit aller Macht, aber schließlich setzte sich die römische Disziplin, unterstützt durch überlegene militärische Taktiken, durch. Auch wenn die Schlacht von Tapae kein endgültiger Sieg war, markierte sie einen Wendepunkt, indem sie die Moral der Römischen Armee stärkte und die Entschlossenheit Trajans zur Fortführung der Kampagne bekräftigte.

Ungeachtet des Erfolgs bei Tapae stieß die römische Armee auf erbitterten Widerstand. Decebalus nutzte die Geografie Dakiens geschickt, um Guerillataktiken anzuwenden, die den Vormarsch der Römer verlangsamten und ihre Ressourcen strapazierten. Trotzdem gelang es Trajans Strategen, durch das Errichten neuer logistischer Basen und die Verstärkung der Truppen aus benachbarten römischen Provinzen weiterhin Druck auf die Daker auszuüben. Die Bedeutung strategischer Infrastruktur und der flexible Einsatz von Hilfstruppen darf in diesem Kontext nicht unterschätzt werden.

Im Frühling 102 n. Chr., tief eindringend in das Herz Dakiens, fanden Trajans Truppen erneut direkten Kontakt mit den Kräften von Decebalus, was schließlich zu Zugeständnissen des däkischen Königs führte. Diese Kampagne beendete den ersten Abschnitt des Krieges und setzte die Bühne für den Friedensschluss im selben Jahr, der scheinbar günstig für Rom ausgehandelt wurde - ein trügerisches Abkommen, das jedoch eine temporäre Ruhe an der nordöstlichen Grenze des Römischen Imperiums garantierte.

Zusammenfassend lässt sich sagen, dass die erste Dakerkampagne nicht nur einen militärischen Erfolg für Kaiser

Trajan darstellte, sondern auch seine Fähigkeiten als Stratege und Führer hervorhob. Diese Feldzüge legten den Grundstein für zukünftige Expansionen und beeinflussten maßgeblich die politischen Landschaften in Osteuropa. Der geschickte Umgang mit diplomatischen und militärischen Herausforderungen durch Trajan zeigte ähnliche Eigenschaften, die ihn in das Herz des Römischen Reichs als einer seiner größten Kaiser verankerten.

Die Belagerung von Sarmizegetusa

Die Belagerung von Sarmizegetusa im Jahr 101 n. Chr. war ein Wendepunkt in den Dakerkriegen, die einen entscheidenden Abschnitt der Regierungszeit von Kaiser Trajan darstellen. Diese Belagerung verkörperte sowohl die militärische Raffinesse als auch die strategische Entschlossenheit, die Trajan während seiner Kampagnen gegen die Daker auszeichneten.

Sarmizegetusa, eine mächtige Festungsstadt und das politische und religiöse Zentrum des Dakerreichs, war sowohl symbolisch als auch strategisch von entscheidender Bedeutung. In den schwer zugänglichen Regionen der Karpaten gelegen, bot die Stadt eine formidable Herausforderung für die römischen Legionen. Ihre Verteidigungsanlagen bestanden aus einer komplexen Struktur von Mauern, Türmen und Gräben, die durch die natürlichen Gegebenheiten des Geländes noch verstärkt wurden. Eine Kombination aus

Steinmauern und einem Netz von Befestigungen machte Sarmizegetusa zu einem beinahe uneinnehmbaren Fortposten.

Laut dem Historiker Cassius Dio, einem der umfassendsten Chronisten der Dakerkriege, ging Kaiser Trajan mit bemerkenswerter Sorgfalt und strategischem Geschick an diese Belagerung heran. Dio berichtet: „Trajan zeigte in der Kriegsführung eine solche Vorsicht, dass er selbst unter den schwierigsten Umständen die Initiative behielt und seine Truppen zu bestmöglichen Leistungen antrieb." (Cassius Dio, Römische Geschichte, 68.5).

Trajan erkannte, dass ein Frontalangriff über die massiven Stadtmauern hinaus verlustreich und riskant wäre. Stattdessen wählte er eine Belagerungstaktik, die sowohl auf physische Zermürbung als auch auf psychologische Kriegsführung abzielte. Die römischen Ingenieure errichteten ein Netz von Befestigungen um die Stadt, um Sarmizegetusa zu isolieren und die Versorgung zu unterbinden. Diese Taktik der Einkreisung und Blockade beschrieb Dio als eine der klügsten Entscheidungen Trajans während dieses Feldzuges, da sie die Daker in ihren Bewegungen stark einschränkte. „So verhinderte er nicht nur jegliche Form von Unterstützung, sondern ließ die Bewohner selbst das Gefühl der Ausweglosigkeit verspüren." (Cassius Dio, Römische Geschichte, 68.5).

Die Entschlossenheit und Widerstandsfähigkeit der Dakischen Verteidiger, angeführt von ihrem König Decebalus, war bemerkenswert. Ihre Geschicklichkeit in der Nutzung des unwegsamen Geländes und ihre Kampfkunst erschwerten das Vorankommen der Römer erheblich. Die Daker nutzten heimtückische Angriffe und Guerillakriegsführung, um die Moral der römischen Truppen zu schwächen. Diese Taktiken zeugten von der strategischen Raffinesse und der Unabhängigkeitsliebe der Daker, die bereit waren, bis zum letzten Mann zu kämpfen, um ihre Heimat zu verteidigen.

Die Belagerung zog sich über Wochen hin, und es war unerlässlich, sowohl materielle als auch psychologische Hürden zu überwinden. Trotz der Herausforderungen blieben die römischen Legionen unter Trajans direkter Leitung standhaft. Die anschließende Eroberung der Stadt erforderte eine gewaltige Koordination und einen sorgfältig geplanten Angriff, um die mächtigen Verteidigungen zu durchbrechen. Dabei kam es zu intensiven Kämpfen in und um die Stadt, bei denen die römische Disziplin und überwältigende militärische Überlegenheit letztlich den Ausschlag gaben.

Die Einnahme von Sarmizegetusa markierte einen wesentlichen Durchbruch in den Dakerkriegen und ebnete den Weg für Trajan, seine Autorität über die Region zu festigen. Die erfolgreichen Bemühungen, Sarmizegetusa zu erobern, demonstrierten einmal mehr die Momente politischer und militärischer Genialität, die Trajans Regime prägten und bis heute in der römischen Historie nachhallen.

Insgesamt stand die Belagerung von Sarmizegetusa sinnbildlich für die unaufhaltsame Macht des römischen Imperiums und die geistige Stärke seiner Anführer, wobei der Sieg dem Imperium nicht nur territoriale, sondern auch strategische und politische Vorteile brachte, die den Grundstein für die Romanisierung Dakiens legen sollten.

Der Friedensschluss von 102 n. Chr. und seine Konsequenzen

Der Friedensschluss von 102 n. Chr. markierte einen entscheidenden Moment in den Beziehungen zwischen dem Römischen Reich und dem Königreich Dakien unter der Herrschaft von Decebalus. Dieser Frieden war das Ergebnis intensiver militärischer Auseinandersetzungen und diplomatischer Manöver. Um die Bedeutung und die Konsequenzen dieses Abkommens zu verstehen, ist es wichtig, sowohl die Bedingungen des Friedens als auch seine weitreichenden Auswirkungen zu beleuchten.

Die Abmachung von 102 n. Chr. wurde nach Trajans erfolgreicher erster Dakerkampagne geschlossen, bei der die

Römer bedeutende militärische Erfolge erzielten, darunter die entscheidende Schlacht am Tapae und die Belagerung von Sarmizegetusa, der Hauptstadt der Daker. Trajan konnte einen strategischen Vorteil erlangen, doch der vollständige Sieg über Decebalus blieb damals noch aus. Die Friedensvereinbarung resultierte wesentlich aus diesem militärischen Druck kombiniert mit Diplomatie, die dem Römischen Reich in der Vergangenheit bereits häufiger zugutekam.

Den Frieden selbst prägten verschiedene Forderungen Roms, die Decebalus akzeptieren musste. Diese beinhalteten die Abtretung bestimmter Gebiete, die Rückgabe von Kriegsgefangenen sowie erheblichen römischen Kriegsreparationen, die an Rom gezahlt wurden. Besonders bedeutend war die Verpflichtung Decebalus', seine militärischen Festungen abzubauen und keine Angriffe auf römisches Territorium mehr zu unternehmen. Trajan bestand darauf, dass Dakien nun ein Vasallenstaat Roms wurde und Decebalus fortan als Klientelkönig agieren musste. Diese Bedingungen festigten die römische Oberhoheit in der Region rund um die Donauregion und führten zu einer temporären Stabilität in dieser strategisch wichtigen Region.

Allerdings blieben viele Konflikte ungelöst, die als Keim zukünftiger Auseinandersetzungen gelten sollten. Decebalus' Unzufriedenheit und seine ambivalente Haltung zum Frieden sorgten in den römischen Grenzgebieten weiterhin für Spannungen. Schon bald sollte sich herausstellen, dass der Frieden nur von kurzer Dauer war. Trotz der Bedingungen erhielten die Daker, dank ihrer geschickten Ausweichmanöver und der Manipulation ihrer Ressentiments, die Fähigkeit, sich neuerlich gegen die römische Vorherrschaft zu erheben.

Die Konsequenzen des Friedensschlusses von 102 n. Chr. reichten über die unmittelbaren politischen und militärischen Veränderungen hinaus. Er ermöglichte eine Phase relativer Ruhe, was Trajan die Gelegenheit verschaffte, sich anderen innenpolitischen Herausforderungen zu widmen und die Gelegenheit zur Konsolidierung seiner Macht zu nutzen. Trotz der fragilen Natur des Friedens spielte dieser eine entscheidende Rolle in Trajans strategischen Planungen und ließ ihn die Schwächen und Stärken des dakischen Widerstands neu evaluieren.

In der römischen Perspektive wurde der Frieden als notwendiger taktischer Schritt gesehen, um größere Kontrolle über die bedrohten Nordgrenzen des Imperiums zu gewinnen, dies wird von antiken Historikern wie Cassius Dio bestätigt, der feststellte: "Der Frieden verschaffte Rom eine wichtige strategische Verschnaufpause." (Dio, Buch 68). Dies verdeutlicht, dass Rom nicht desillusioniert, sondern vielmehr strategisch bedacht den Friedensschluss gesucht hatte. Die Konsequenzen des Entscheidungsfindung wurden in den Folgejahren deutlich sichtbar, als Trajan mit erneuter Kraft die Eroberung Dakiens einleitete, was letztendlich 106 n. Chr. in die vollständige Annexionskampagne mündete. Dort traten dann endgültig die Auswirkungen der missglückten Friedensvermittlung von 102 n. Chr. zum Vorschein und führten schließlich zur Etablierung der Provinz Dakien und dem Umbruch des dakischen Königreichs hin zu einem römischen Verwaltungsgebiet.

Die erneute Bedrohung und Vorbereitung zur zweiten Invasion (105 n. Chr.)

Nachdem der Friedensschluss von 102 n. Chr. zwischen dem Römischen Reich und dem Dakerreich de facto eine Pause in den kriegerischen Auseinandersetzungen einläutete, wurde schnell deutlich, dass dieser Frieden weniger eine stabile Lösung als vielmehr ein fragiles Intermezzo darstellte. Die Bedingungen des vereinbarten Friedensvertrages waren für den Dakerkönig Decebalus demütigend und forderten das Streben der Römer nach dauerhafter Stabilisierung der Region kontinuierlich heraus. Decebalus hatte erhebliche Tribute zu zahlen und große Teile seiner militärischen Ausrüstung an Rom abzugeben. Dennoch kochte unter der Oberfläche der heuchlerischen Ruhe eine aggressive Unzufriedenheit, die bald in Form erneuter Kriegszüge zu spüren war.

Bereits 104 n. Chr. zeigen Berichte, dass Decebalus die auferlegten Bestimmungen unterlief, indem er erneut begann, seine Streitkräfte aufzurüsten und Befestigungsanlagen zu verstärken. Der römische Geschichtsschreiber Cassius Dio kommentierte voller Missbilligung: "Decebalus, mehr einem listigen Fuchs als einem besiegten König gleich, begann seine Vorbereitungen für einen neuen Krieg, lange bevor der Inkurs gegen die Römer tatsächlich begann."[1] Diese Entwicklungen ließen die Spannungen um die nördlichen Grenzen des römischen Einflussbereiches an der unteren Donau neuerlich anschwellen.

Die Vorbereitungen Roms für eine erneute militärische Konfrontation wurden von Kaiser Trajan persönlich sorgfältig überwacht. Er hatte mit seiner ersten Invasion nicht nur militärische Muskelspiele demonstriert, sondern war sich der taktischen Feinheiten der dakerischen Kriegsführung durchaus bewusst. Trajan verstand, dass eine diplomatische Lösung oder kurzfristige Aufrüstung nicht ausreichend seien würden, um die weiträumigen Ziele in dieser strategisch wichtigen Region zu sichern.

Zu den umfassenden Vorbereitungen zählte insbesondere die Verstärkung der führenden Militärstützpunkte entlang der Donau. An entscheidenden Punkten wie Durostorum und Viminacium wurden logistische Depots eingerichtet und die Zahl der stationierten Legionären maßgeblich erhöht. Als essenzielle Maßnahme zur Sicherung der Truppenverlegung gilt der Bau einer neuen Brücke über die Donau, ein Meisterwerk der römischen Ingenieurskunst. Trajan beauftragte den berühmten Architekten Apollodor von Damaskus, dessen Konstruktionsfähigkeiten sich in dem imposanten, jedoch mittlerweile verlorenen Bauwerk eindrucksvoll widerspiegelten.

Schon bald zeichnete sich ab, dass eine erneute offensive Strategie Roms gegenüber Dakien unumgänglich war. Berichte von Agenten am dakerischen Hof quartiereten Decebalus als entschlossen ein, seine Hegemonie im Karpatenraum um jeden Preis zu wahren. Durch diese Informationslage bestärkt, ließ Trajan seine Legionen mobilisieren und bündelte Ressourcen für einen umfassenden Feldzug, der einer der ambitioniertesten seiner gesamten Herrschaft werden sollte.

Dabei stellte Trajan sicher, dass die militärische Führung unter seinen fähigsten Generälen strukturiert blieb. Die moralische Komponenten seines Plans basierte auf der Propagierung der gerechten Sache des römischen Reiches und der Verteidigung der Pax Romana gegen widernatürliche Bedrohungen. Insofern positionierte die römische Führung die bevorstehende Invasion als eine quasi-defensive Maßnahme, um den Frieden und Wohlstand der Zivilisation zu schützen.

Die primäre Bedeutung der Vorbereitung zur zweiten Invasion lag nicht bloß in ihren militärischen Implikationen, sondern ebenfalls in der Erwägung der wirtschaftlichen Strukturen Dakiens. Neben den bekannten Goldminen, sensibilisierte das römische Interesse am dakerischen Territorium ebenfalls seine landwirtschaftliche Kapazität und natürliche Ressourcen wie Holz und Eisen, die für die Imperiumserweiterung von erheblichem Wert waren.

Somit war die zweite Invasion durch das Römische Reich in hohem Maß durch die bewusste strategische Planung und eine tiefgehende Analyse der geopolitischen Verhältnisse begünstigt. Während Decebalus seine Vorbereitungen inmitten intriganter Heimlichkeiten und teils chaotischer Allianzen tätigte, setzte Trajan auf eine systematische solidifizierte Basis, die ihm erlaubt, den letzten Stich im dakerischen Kartenhaus mit unvergleichbarer Präzision zu führen.

Die erneute Bedrohung durch Dakien und die daraufhin erfolgte Vorbereitung zur zweiten Invasion markieren somit einen entscheidenden Wendepunkt in den Dakerkriegen. Sie symbolisieren die gemischten Zutaten aus Beständigkeit und Reform, welche den Expansionsplänen Kaiser Trajans eine pragmatische wie siegesreiche Dimension zu verliehen.

[1] Cassius Dio, 'Römische Geschichte', Buch LXVIII

Die zweite Dakerkampagne und der entscheidende Sieg

Die zweite Phase der Dakerkriege, die im Jahr 105 n. Chr. mit der neuerlichen Invasion Dakien begann, stellte die Entschlossenheit und militärische Finesse Kaiser Trajans unter Beweis. Diese Kampagne war nicht nur eine Fortsetzung des vorherigen Konflikts, sondern auch eine unumgängliche Notwendigkeit, um die offene Herausforderung durch den Dakerkönig Decebalus ein für alle Mal zu beenden. Der labil gewordene Frieden nach der ersten Dakerkampagne war durch Decebalus' fortwährende Provokationen und seinen Eifer, die ihm auferlegten Bedingungen zu unterwandern, gefährdet. Angesichts dieser Bedrohungen verfügte Trajan über umfassende Vorbereitungen und schwerwiegende strategische Entscheidungen, um einen vollständigen Sieg zu erringen und die Stabilität an der Nordgrenze zu garantieren.

Das römische Heer, durch den Frieden von 102 n. Chr. keineswegs untätig geblieben, war in optimaler Weise auf den anstehenden Feldzug vorbereitet. Trajans Langzeitstrategie beinhaltete nicht nur die logistische Sicherung von Ressourcen – eine Fähigkeit, die die Römer meisterlich beherrschten –, sondern auch die Nutzung von Spionage und diplomatischen Kanälen, um politische Instabilitäten in der dakerischen Führung zu fördern. Bereits vor der Invasion wurden neue Straßen und Brücken über die Donau errichtet, darunter die imposante Brücke bei Drobeta, die von Apollodor von Damaskus geplant wurde und den schnellen Angriff der römischen Streitkräfte ermöglichte.

Eines der Hauptmerkmale dieser Kampagne war die intensive Nutzung von Diversifikationstaktiken. Trajan setzte eine Arbeitteilung seiner Legionen und Hilfstruppen ein, um parallel verlaufende Operationen über das dakerische Territorium zu führen. Während ein Teil der Kräfte den direkten Angriff führte, beschäftigten andere Abteilungen feindliche Einheiten in strategisch wichtigen Gegenden und schnitten Nachschubwege ab. Diese Strategie trug wesentlich dazu bei, die Daker zu überlasten und zwang sie, ihre Defensive in einer Weise zu dehnen, die bald unhaltbar wurde.

Der kulminierende Punkt des Feldzuges war die entscheidende Schlacht bei Tapae, die als Schlüssel zur dakerischen Resilienz galt. Zitate aus den Annalen von Cassius Dio, eines der Hauptquellen für diese Zeit, beschreiben das immense Geschick und die taktische Überlegenheit Trajans, die schließlich den Ausschlag gab. Laut Cassius Dio: „Mit Geschick und Verstand führte Trajan seine Männer zu einem gewissenhaften und disziplinierten Angriff, der die Daker überrumpelte und endgültig demoralisiert hatte."

Nach dem Sieg bei Tapae stieß Trajan weiter in das Herz von Decebalus' Reich vor und zwang den hartnäckigen

König schließlich zur Flucht. Nach einer hartnäckigen Verfolgung entschloss sich Decebalus im Angesicht des Unvermeidlichen zu einem verzweifelten Akt und wählte den Freitod, um einem Tod in Gefangenschaft zu entgehen. Die Darstellung auf der Trajanssäule, einem Monumentalbau zu Ehren des Kaisers, illustriert anschaulich die Stationen dieser entscheidenden Kampagne und verdeutlicht die strategischen Elemente, die zu dieser eindrucksvollen römischen Errungenschaft führten.

Der Sieg über die Daker brachte Trajan nicht nur prestigeträchtigen persönlichen Ruhm, sondern sicherte auch das reiche Gold- und Erzvorkommen Dakiens dem Römischen Reich, was zu erheblichen wirtschaftlichen Vorteilen führte. Die Integration dieser Ressourcen unter kaiserlicher Kontrolle bot nicht nur die Basis für finanzielle Stabilität, sondern auch die Möglichkeit massiver Infrastrukturinvestitionen im gesamten Reich. Der endgültige Triumph über Dakien war nicht nur ein militärischer Erfolg, sondern auch ein wesentlicher Baustein für das Fortbestehen der Pax Romana unter Trajans gerechter und kompetenter Führung.

Die Eroberung und Zerstörung Sarmizegetusas

Die Eroberung und Zerstörung von Sarmizegetusa, der einstigen Hauptstadt und spirituellen Hochburg der Daker, stellt einen entscheidenden Moment in Trajans militärischer Karriere dar. Sie markierte das Ende des Widerstands von

Decebalus und verfestigte Trajans Ruf als einer der größten Feldherren Roms. Nach der erfolgreichen Durchsetzung der Kontrolle über Dakien reflektieren die Erzählungen dieser Ereignisse die taktische Brillanz und das unermüdliche Streben nach römischer Hegemonie.

Das Herzstück der dakerischen Befestigungsanlagen, die Stadt Sarmizegetusa, lag in den Transsilvanischen Alpen und war durch ihre geografische Lage besonders schwer einzunehmen. Umgeben von steilen Bergen und dichten Wäldern, nutzte Decebalus die strategische Position, um seine Verteidigung gegen die übermächtigen römischen Legionen zu stärken. Die unglaublich komplexe Festungsstruktur bestand aus konzentrischen Mauern und war durch Bauten unterstützt, die zu religiösen und administrativen Zwecken dienten. Diese Faktoren machten die Erstehung dieser Bastion zu einer herausfordernden Aufgabe für die römischen Streitkräfte, die dennoch in der Lage waren, ihre Überlegenheit in Organisation und Belagerungstechniken unter Beweis zu stellen.

Ausgehend von einem detaillierten und sorgfältig ausgearbeiteten Plan leitete Trajan höchstpersönlich die militärischen Operationen. Der vorherige Sieg bei Tapae hatte den Weg für den Vorstoß nach Sarmizegetusa geebnet. Es wird berichtet, dass die Römer mit einem unerbittlichen Vorstoß die Außenverteidigungen der Daker niederrissen. Durch den Einsatz ausgefeilter Belagerungsmaschinen, darunter

Widder und Wurfgeschosse, konnte schließlich eine Bresche in die stolzen Mauern geschlagen werden. Dabei wird insbesondere die Verwendung der damals fortschrittlichen Testudo-Formationen erwähnt, die den Römern einen Schutzwall gegen dakerische Angriffe boten und deren Wirksamkeit fortan legendär wurde.

Die Quellenchroniken von Cassius Dio (Römische Geschichte, Buch 68) beschreiben, dass die anschließende Eroberung mit erbarmungsloser Konsequenz durchgeführt wurde: „Die Stadt wurde niedergebrannt, ihre Befestigungen geschleift, und die Schätze der Daker in großem Stil erbeutet." Mit dem vollständigen Fall von Sarmizegetusa endete die einstmals gewichtige Machtstellung der Daker unwiderruflich. Die verbliebenen dakischen Truppen wurden verstreut oder ergaben sich notgedrungen den siegreichen Römern.

Besonders bemerkenswert an der Zerstörung Sarmizegetusas ist der Verlust nicht nur von militärischer, sondern auch von kultureller Bedeutung. Die Discovery, die unter Trajans Befehlen stattfand, brachte zahllose Schätze und wertvolle Artefakte zum Vorschein, die daraufhin Teil der römischen Beutekultur wurden. Die überlebenden kulturellen Elemente der dakerischen Zivilisation wurden entweder assimiliert oder standen am Rande des Vergessens, gerieten aber nie ganz in Vergessenheit und gaben der römischen Kultur neue Perspektiven.

Die Zerstörung von Sarmizegetusa und die Unterwerfung der Daker hinterließen eine dauerhafte Narbe in der Geschichte der Region, hoben jedoch auch Trajans Ansehen als unermüdlicher Eroberer. In der Rückbetrachtung wird deutlich: Ohne das beeindruckende militärische Geschick und die innovative Kriegsführung dieses Kaisers hätte das Römische Reich möglicherweise nie die Ausdehnung erreicht, die ihm im Laufe der Geschichte zuteilwurde. Dies stellt sich als ein entscheidender Punkt in Trajans Herrschaft dar, nicht nur weil er die Grenzen des Imperiums nach Osten radikal verschob, sondern auch, weil er zur Symbolfigur für römische Stärke und Ausdauer wurde.

Die Eingliederung Dakiens in das Römische Reich

Die Eingliederung Dakiens in das Römische Reich stellt einen der bemerkenswertesten und strategisch bedeutsamsten Akte in der Herrschaft des Kaisers Trajan dar. Nach den erfolgreichen militärischen Kampagnen gegen die Daker unter der Führung von König Decebalus eröffnete sich für Rom ein gewaltiges neues Territorium nördlich der Donau. Diese Region, reich an Bodenschätzen und strategisch günstig gelegen, sollte die wirtschaftliche Kraft und territorialen Ambitionen des Reiches erheblich stärken.

Administrative Neuordnung und Romanisierung

Nach der endgültigen Eroberung und dem Fall Sarmizegetusas im Jahr 106 n. Chr. begann der Prozess der systematischen Eingliederung Dakiens. Die Region wurde zur römischen Provinz erklärt, bekannt unter dem Namen „Dacia Traiana". Dieser Verwaltungsakt war nicht nur ein symbolischer Sieg des römischen Imperiums, sondern auch ein integraler Bestandteil von Trajans Vision einer stabilen und prosperierenden Provinz. Die Provinz wurde territorial neu strukturiert, um eine effiziente Kontrolle und Verwaltung durch römische Beamte zu gewährleisten.

Die Einführung römischen Rechts, Sprache und Infrastrukturprojekte, wie Straßen und Brückenbau, förderten die Romanisierung der einheimischen Bevölkerung, was der langjährigen Strategie Roms zur kulturellen Assimilation neu eroberter Gebiete entsprach. Auch die Gründung von Kolonien, in denen pensionierte römische Soldaten angesiedelt wurden, trug erheblich zur Verbreitung römischer Kultur und Lebensweise bei. Diese Siedler, die oft mit Landzuweisungen belohnt wurden, bildeten einen wesentlichen Teil des römischen sozialen Gefüges in Dacia.

Wirtschaftliche Ausbeutung und Ressourcenzugang

Einer der Hauptbeweggründe für die Eroberung Dakiens durch Trajan war der Zugang zu den reichen Gold- und Silberminen, die sich in den Karpaten befanden. Diese Ressourcen spielten eine erhebliche Rolle in der Stärkung der römischen Wirtschaft. Die Förderung und Kontrolle dieser Minen wurde effizient organisiert und versorgte das Römische Reich mit Metallressourcen, die dringend benötigt wurden, um Trajans ambitionierte Bauprojekte zu finanzieren und die Münzprägung zu unterstützen.

Der wirtschaftliche Aufschwung in Dakien wurde durch den Bau umfangreicher Handelsnetze begünstigt, die die Region mit anderen Teilen des Römischen Reiches verbanden. Die Integration Dakiens bot auch neue Landwirtschaftsflächen, was die Nahrungsmittelversorgung für das wachsende Imperium sicherte und stabilisierte. Der wirtschaftliche Nutzen der Provinz war signifikant und erfüllte Trajans Erwartungen an die Expansion vollständig.

Militärische Sicherung und strategische Bedeutung

Militärisch diente die Eingliederung Dakiens als Pufferzone gegen die Bedrohungen aus dem Nordosten, insbesondere gegenüber den sarmatischen und gotischen Stämmen. Vor der Eroberung Dakiens hatte die Donau die nördliche Grenze des römischen Einflussgebietes dargestellt; die Erweiterung durch Dakien verlagerte diese Grenze weiter nach Norden und stärkte die römische Präsenz in der Region erheblich.

Zur Sicherung dieser neuen Provinz wurden Legionslager und Militärstraßen eingerichtet, die rasche Truppenbewegungen ermöglichten und so zur Stabilisierung des militärischen Gleichgewichts in der Region beitrugen. Diese Maßnahmen waren ein integraler Bestandteil von Trajans Sicherheitsstrategie und boten zugleich Ausbildungs- und Beschäftigungsmöglichkeiten für die Veteranen, die sich in der Region niederließen.

Zusammenfassend war die Eingliederung Dakiens in das Römische Reich ein komplexer und zielgerichteter Prozess, der sowohl administrativ als auch kulturell und wirtschaftlich enorme Implikationen hatte. Der nachhaltige Erfolg dieser Eingliederung zeigt sich an der Stabilität und Prosperität, die Dakien bis zu seinem letztlichen Verlust im Lauf des 3. Jahrhunderts n. Chr. gewährte. Diese Integration unterstrich Trajans strategisches Genie und seinen Weitblick, bedeutete jedoch auch eine erhebliche Verantwortung für seine Nachfolger, die den Frieden und die Ordnung in dieser wichtigen Grenzregion halten mussten.

Die wirtschaftlichen und kulturellen Auswirkungen der Eroberung

Die Eroberung der Daker unter Kaiser Trajan war ein Wendepunkt in der römischen Geschichte und hatte tiefgreifende wirtschaftliche und kulturelle Auswirkungen auf das Imperium. Diese Auswirkungen sind nicht allein im Zuge der territoriale Zugewinne zu betrachten, sondern auch in Bezug auf die strategische und ökonomische Integration der neu eroberten Provinz, die zu einer Stärkung der römischen Wirtschaft und einer Bereicherung der kulturellen Vielfalt des Reiches führte.

Die ertragreichen Gold- und Silberminen Dakiens spielten eine Schlüsselrolle bei der römischen Expansion. Die Kontrolle über diese Ressourcen, vor allem die berühmte Minenregion von Alburnus Maior im heutigen Siebenbürgen, verlieh Rom eine bedeutende wirtschaftliche Stärke. Bereits antike Quellen wie die Werke von Cassius Dio betonen die immense Bedeutung dieser Reichtümer für den römischen Fiskus: „[...] das Land aber barg unermessliche Schätze in seinen Bergen, die durch die römische Herrschaft nun der Welt nutzbar gemacht wurden.“ (Dio, "Römische Geschichte", 68.14)

Die wirtschaftlichen Folgen der Eroberung Dakiens waren schnell in Rom spürbar. Der Reichtum, insbesondere das Gold, das nach Rom strömte, ermöglichte Trajan, staatliche Bauprojekte in nie dagewesenem Ausmaß zu finanzieren. Diese Investitionen beflügelten den urbanen Ausbau und die Verschönerung der römischen Hauptstadt, was nicht nur die Infrastruktur verbesserte, sondern auch das Prestige des Kaisertums stärkte. Der berühmte Trajansmarkt ist ein solches Beispiel, was wiederum auf seine Rolle als Bauherr im späteren Kapitel eingehend beleuchtet wird.

Neben wirtschaftlichen Vorteilen brachte die Eingliederung Dakiens auch kulturelle Einflüsse mit sich. Dacia wurde ein Schmelztiegel, in dem römische, griechische und einheimische dakische Einflüsse miteinander verschmolzen. Die lateinische Sprache fand Verbreitung, doch blühte auch die

Vermischung von römischen und einheimischen Kunstformen auf. Dies zeigt sich in der einzigartigen Dakerbekleidung und im Kunsthandwerk, das von archäologischen Funden wie den Gravuren auf dako-römischen Reliefs bezeugt wird.

Trajans militärische Erfolge wurden überdies auf der Trajanssäule in Rom verewigt, die auch ein bedeutendes kulturelles Erbe darstellt. Auf den Reliefs sind Szenen der Dakerkriege zu sehen, die nicht nur einen bemerkenswerten künstlerischen Wert haben, sondern auch als historisches Dokument der Ereignisse dienen, die das römische Geschichtsverständnis und die Propaganda prägten.

Die Gründung römischer Kolonien in Dakien begünstigte die Urbanisierung und führte zur Entstehung neuer städtischer Zentren wie Apulum und Ulpia Traiana Sarmizegetusa. Diese urbanen Regionen wurden Knotenpunkte für Handel und Verkehr und trugen so erheblich zur römischen Wirtschaft bei. Die Infrastrukturmaßnahmen Trajans verknüpften Dakien mit dem Rest des Reiches, was langfristige Vorteile für den Handel und die Verbreitung der römischen Kultur brachte.

Durch diese wirtschaftlichen und kulturellen Auswirkungen bewirkte die Eroberung Dakiens eine wesentliche Festigung der römischen Machtbasis in Südosteuropa. Diese Veränderung legte nicht nur das Fundament für den Wohlstand und Frieden in der Region, sondern beeinflusste das

Römische Reich bis tief ins 3. Jahrhundert hinein. Die ökonomische und kulturelle Integration stärkte die römische Identität und erweiterte den Einflussbereich weit über die traditionellen Grenzen hinaus.

Langfristige Stabilisierung an der Donaugrenze

Die langfristige Stabilisierung der Donaugrenze war eine der bemerkenswertesten Errungenschaften Kaiser Trajans nach seinem Sieg in den Dakerkriegen. Diese Stabilisierung war nicht nur eine militärische Herausforderung, sondern erforderte auch diplomatisches Geschick, administrative Reformen und kulturelle Integration in den neu eroberten Provinzen. Trajans strategischer Weitblick und seine Fähigkeit, sowohl militärische Stärke als auch politische Weisheit zu nutzen, trugen entscheidend zu dieser Leistung bei.

Nach dem endgültigen Sieg über Decebalus und der Zerstörung der dakischen Hauptstadt Sarmizegetusa im Jahr 106 n. Chr. begann Trajan mit der Integration Dakiens in das Römische Reich. Hierbei war es entscheidend, die Region nicht nur militärisch zu beherrschen, sondern auch wirtschaftlich und kulturell einzugliedern, um zukünftige Aufstände zu verhindern. Trajan gründete mehrere Kolonien, in denen Veteranen der Legionen angesiedelt wurden, insbesondere in strategischen Schlüsselpositionen entlang der

Donau. Diese wurden durch ein umfassendes Netz von Verkehrswegen verbunden, das die Mobilität der römischen Truppen erleichterte und den Handel förderte. Der berühmte Römerstraßenbau spielte hierbei eine tragende Rolle, indem er die Anbindung des eroberten Gebietes an das restliche Reich sicherstellte.

Die Donau, die bis dahin als eine der weniger gesicherten Grenzen des Reiches gegolten hatte, wurde durch diese Maßnahmen zu einer massiv befestigten Grenzlinie. Ein System aus Kastellen und Wachtürmen entlang des Flusses sicherte das Gebiet und ermöglichte eine schnelle Reaktionsfähigkeit der römischen Streitkräfte im Falle von Überfällen oder Invasionen. Laut der römischen Geschichtsschreibung, insbesondere erwähnt von Cassius Dio, verfolgte Trajan eine Politik der Abschreckung durch Stärke, um potenzielle Gegner von Angriffen auf das Reich abzuhalten. Dieses System wurde zum Modell für weitere Grenzbefestigungen im gesamten Reich.

Ein weiterer Aspekt der Stabilisierung war die Unterdrückung interner Revolten. Dies gelang Trajan nicht nur durch militärische Präsenz, sondern auch durch die Gewährung relativer Autonomie an örtliche Führer, die bereit waren, mit Rom zu kooperieren. Diese Führer wurden oft in römischen Traditionen geschult und genossen so den Vorteil, in der neuen römischen Ordnung integriert zu werden. Durch ihre Loyalität halfen sie, die Region zu stabilisieren und Spannungen abzubauen.

Die wirtschaftlichen Maßnahmen, die Trajan in Dakien einführte, trugen ebenfalls entscheidend zur Stabilisierung bei. Die Region war reich an natürlichen Ressourcen, insbesondere Gold und Silber, die zur Finanzierung weiterer römischer Expansionen genutzt wurden. Die Ausbeutung dieser Ressourcen erfolgte unter der strengen Kontrolle römischer Statthalter, die die Einhaltung römischer Gesetze sicherstellten und die wirtschaftliche Entwicklung der Region vorantrieben. Diese Maßnahmen bewirkten nicht nur die finanzielle Einbindung Dakiens ins Reich, sondern unterstützten auch den Wachstumsschub, den Rom in dieser Zeit erlebte.

Zusammenfassend lässt sich festhalten, dass die Stabilisierung der Donaugrenze unter Trajans Herrschaft das Ergebnis einer sorgfältig geplanten Umgestaltung der Region Dakien war. Diese Umgestaltung verband militärische Absicherung mit sozialen und wirtschaftlichen Reformen. Langfristig sicherte Trajan dadurch nicht nur den Frieden entlang dieser bedeutenden Grenze, sondern stärkte auch die Einheit und den Zusammenhalt des Römischen Reiches als Ganzes, was als eine seiner bedeutendsten politischen Leistungen angesehen werden kann. Die nachfolgenden Kaiser konnten von diesen solides Grundlagen profitieren und die relativen Frieden, den Trajans Politik ermöglichte, weiter fortführen.

Dauerhafte Vermächtnis der Dakerkriege in der römischen Geschichte

Die Dakerkriege unter der Herrschaft Kaiser Trajans hinterließen weitreichende und tiefgreifende Spuren in der römischen Geschichte, deren Bedeutung sowohl in unmittelbarer als auch in langfristiger Hinsicht bedeutend ist. Diese militärischen Konflikte führten zur vollständigen Eroberung Dakiens, einer Region, die in etwa dem heutigen Rumänien entspricht. Diese Eroberung spielte eine zentrale Rolle in Trajans Regierungszeit und trug maßgeblich zu seinem Ruf als einer der großen militärischen Führer Roms bei.

Nach der erfolgreichen Eingliederung Dakiens in das Römische Reich profitierte das Imperium nicht nur von den reichen Goldvorkommen der neu geschaffenen Provinz, die erheblich zur Konsolidierung der römischen Finanzen beitrugen, sondern auch von strategischen Vorteilen. Die römische Kontrolle über Dakien garantierte eine stabilere Donaugrenze, die bisher durch ständige Bedrohungen der Dakischen Stämme gekennzeichnet war. Diese Stabilität hatte zur Folge, dass Rom seine militärische Aufmerksamkeit wirksamer auf den Osten richten konnte, insbesondere im Hinblick auf die sich verstärkenden Auseinandersetzungen mit dem Partherreich.

Trajans Siege und die dauerhafte Eingliederung Dakiens inspirierten nicht nur zeitgenössische Bewunderer, sondern auch spätere Generationen, die den Kaiser als Modell eines idealen Herrschers verehrten. Diese Verehrung war so tiefgreifend, dass mittelalterliche Historiker wie Cassius Dio und Ammianus Marcellinus Trajan als einen unvergleichlichen Kaiser lobten, dessen Leistungen in der militärischen Expansion und Verwaltung unübertroffen seien. Die Quelle Cassius Dio, "Römische Geschichte", beschreibt die Dakerkriege beispielsweise als unverzichtbar für das Verständnis der römischen Großmachtstellung (Dio, Römische Geschichte, Buch 68, Abs. 6).

Ein weiterer bedeutender Aspekt des Vermächtnisses der Dakerkriege besteht in der kulturellen und architektonischen Hinterlassenschaft. Die großzügigen Beuteanteile aus den Kriegen finanzierten zahlreiche Bauprojekte in Rom, darunter das berühmte Trajansforum, dessen zentrales Element die Trajanssäule ist. Dieses beeindruckende Beispiel römischer Baukunst feiert bekanntermaßen Trajans Siege über die Daker und ist reich verziert mit Reliefs, die die Szenen der Kriegsführung feinsinnig illustrieren. Sie dient nicht nur als Denkmal für militärischen Ruhm, sondern auch als einzigartiges historisches Dokument dieser Zeit.

Langfristig gesehen integrierten sich Teile der dakischen Bevölkerung und Kultur in die römische Zivilisation, eine Symbiose, die bis heute in lokalen Traditionen des ehemaligen Dakien spürbar ist und die sich in historischen Überlieferungen erhalten hat. Dies zeigt, dass die Kollision und anschließende Konvergenz von Kulturen jenseits der militärischen Auseinandersetzungen prägende Auswirkungen auf die Entwicklung sowohl der provinziellen als auch der zentralen römischen Identität hatten.

Zusammenfassend lässt sich das dauerhafte Vermächtnis der Dakerkriege in der römischen Geschichte als eines beschreiben, das die militärische Stärke, die ökonomische Stabilität und die kulturelle Blüte Roms vorantrieb. Diese Ereignisse unterstreichen die Komplexität und das Geschick, mit dem Trajan sowohl seine strategischen Ziele verfolgte als auch die administrativen Herausforderungen meisterte, die sich aus der Erweiterung seines Reiches ergaben. Trajans Vision und Umsicht legen das Fundament für die Betrachtung seiner Regierungszeit als Höhepunkt des römischen Reiches.

Trajan als Verwalter: Wirtschaftliche und soziale Reformen

Einführung in Trajans Verwaltungspolitik

Im Laufe des zweiten Jahrhunderts n. Chr. erlebte das Römische Reich unter der Herrschaft von Kaiser Trajan eine Blütezeit, gekennzeichnet durch eine weitreichende Expansion, Wohlstand und soziale Stabilität. Ein zentraler Aspekt von Trajans Regierungszeit war seine Verwaltungspolitik, auf die dieser energische Kaiser besonderen Wert legte. Bereits beim Amtsantritt wurde deutlich, dass Trajan die optimale Nutzung der römischen Ressourcen und administrativen Fähigkeiten zu einem Eckpfeiler seiner Politik machen würde. Dabei stand nicht nur die wirtschaftliche Prosperität im Fokus, sondern auch das soziale Wohlergehen aller Bürger des Reiches.

Trajan, mit voller Namen Marcus Ulpius Nerva Traianus, trat als Kaiser mit einem gewaltigen Engagement für Reformen an, das in bedeutenden Veränderungen und Verbesserungen in der Verwaltung des Reiches resultierte. Seine Maßnahmen waren von einer pragmatischen und großzügigen Geisteshaltung geprägt und zeigten einen tiefen Respekt für die bekannten und belebten Traditionen Roms, wie auch für Innovationen, die das Wohl der res publica förderten.

Ein Kernprinzip der Verwaltungspolitik Trajans war die Erhöhung der Effizienz und Fairness im Steuerwesen, auf die detailliert in einem späteren Abschnitt eingegangen wird. Trajan zielte darauf ab, das Reich durch eine weise Nutzung von Ressourcen und eine sinnvolle Lastenverteilung zu stärken. Die transparentere und gerechtere Erhebung von Steuern trug nicht nur zur Füllung der kaiserlichen Kassen bei, sondern stärkte auch die Loyalität und Zufriedenheit der römischen Bürger.

Trajans technokratische Fähigkeiten manifestierten sich zudem in einem umfangreichen Ausbauprogramm der Infrastruktur. Straßen, Brücken und öffentliche Bauten wurden nicht nur errichtet, sondern auch sorgsam instand gehalten, um den Handel und die Mobilität im gesamten Reich zu fördern. Solche infrastrukturellen Maßnahmen hatten weitreichende Konsequenzen für das tägliche Leben und die wirtschaftliche Lage vieler Romanen.

Seine sozialpolitischen Anliegen spiegelten sich in einer Reihe von wohltätigen Reformen wider, darunter das Alimenta-Programm, das als eine frühe Form staatlicher Sozialhilfe für Waisenkinder und mittellose Familien betrachtet wird. Dieses Programm trug maßgeblich zur Verbesserung der Lebensbedingungen der ärmsten Schichten der Gesellschaft bei und sorgte für eine stabilere soziale Struktur.

Des Weiteren engagierte sich Trajan intensiv in der Agrarpolitik, die darauf abzielte, die Ländereien gerechter zu verteilen und die Erträge zu maximieren. Durch das Umverteilen von Allgemein- und Privatland an Veteranen und bedürftige Bauern versuchte er, einerseits die Nahrungsmittelproduktion zu steigern und andererseits soziale Spannungen zu mindern.

Trajans gesamtheitlicher Ansatz in der Verwaltungspolitik zeichnete sich durch eine bemerkenswerte Kombination aus Weitsicht und Engagement für die Belange der Bürger aus. Sein vorausschauendes Handeln schuf nicht nur kurzfristigen Wohlstand und Frieden, sondern legte auch den Grundstein für ein nachhaltig gefestigtes Reich. Diese Prinzipien spiegelten sich auch in seiner Finanzpolitik wider, die die Verschuldung des Staates kontrollierte und für eine solide wirtschaftliche Basis sorgte.

Seine fähige Beaufsichtigung der Provinzen und sein offenes Ohr für die Belange der lokalen Verwalter unterstrichen seine administrativen Fähigkeiten und sorgten für eine effiziente und gerechte Verwaltung des riesigen Reiches. Die direkten und indirekten Auswirkungen von Trajans Reformen waren bis weit nach seinem Tod spürbar und leisteten einen signifikanten Beitrag zur Stabilität und Prosperität Roms in der Zeit der "Fünf guten Kaiser". In der Summe lässt sich sagen, dass Trajans Verwaltungspolitik nicht nur von einem intelligenten Gebrauch seiner Macht zeugte, sondern auch von einer bemerkenswerten Kombination aus Gerechtigkeitssinn und staatsmännischem Geschick.

Reformen im Steuerwesen

Die Steuerreformen unter Kaiser Trajan markieren einen wesentlichen Wendepunkt für die wirtschaftliche Stabilität und Effizienz des Römischen Reiches. Trajan, als kluger Administrator bekannt, erkannte früh die Bedeutung einer gut organisierten und gerechten Steuerverwaltung für das Wachstum und die politische Stabilität des Reiches. Seine Reformen zielten darauf ab, die Steuerlast gerechter zu verteilen und die Einnahmen der Staatskasse zu maximieren, ohne die wirtschaftlichen Aktivitäten und das Wohl der Bürger zu beeinträchtigen.

Eine der entscheidenden Maßnahmen Trajans bestand in der Vereinfachung des Steuersystems und der Reduzierung der mannigfaltigen Steuerarten, die in der Vergangenheit für Verwirrung und Frustration gesorgt hatten. Die Komplexität des bisherigen Systems führte nicht selten zu Ineffizienz und Korruption, da die Bürger Schwierigkeiten hatten, ihre Steuerverpflichtungen zu verstehen und zu erfüllen. Um dem entgegenzuwirken, führte Trajan eine gründliche Überprüfung und Neustrukturierung der bestehenden Steuerkodizes durch. Dies hatte die Einführung einheitlicher Steuersätze zur Folge, die besonders die Transparenz und Vorhersehbarkeit verbesserten.

Ein weiteres herausragendes Merkmal von Trajans Steuerpolitik war die Förderung der Agrarwirtschaft. Angesichts der Tatsache, dass die Landwirtschaft die wirtschaftliche Grundlage des Reiches bildete, war dieser Sektor besonders von indirekten Steuererleichterungen betroffen. Trajan gewährte großzügige Steuerbefreiungen für diejenigen, die landwirtschaftliche Flächen nutzbar machten, brachliegende Gebiete kultivierten und an der Gründung neuer Siedlungen beteiligt waren. Laut dem Historiker Cassius Dio, trug dieser Ansatz maßgeblich zur Erhöhung der landwirtschaftlichen Produktion und zur Stabilisierung der Lebensmittelsicherheit im Reich bei. "Durch die kluge Steuerpolitik Trajans erlebte die römische Landwirtschaft einen neuen Aufschwung" (Cassius Dio, _Römische Geschichte_).

Im Hinblick auf die Provinzverwaltung sorgte Trajan für eine stärkere Überwachung der provinziellen Steuererhebungen. Er entsandte spezielle Beamte, sogenannte _praepositi tributorum_, um die korrekte Erhebung und Ablieferung der Steuern sicherzustellen, und bekämpfte somit Korruption und Misswirtschaft. Die daraus resultierende Effizienz verbesserte die Steuererträge erheblich und stärkte das Vertrauen der Bevölkerung in die Zentralregierung.

Eine weitere bemerkenswerte Initiative war die Einführung der sogenannten *alimenta,* einer Form der Sozialhilfe, die eng mit der Steuerpolitik verbunden war. Diese Maßnahme zielte darauf ab, die frei gewordenen Mittel zur Unterstützung bedürftiger Bürger einzusetzen. Die Finanzierung dieser Programme erfolgte durch sorgfältige Umlagen, die aus den erhöhten Steuereinnahmen resultierten und zu einem wichtigen Instrument für soziale Stabilität wurden.

Indem Trajan die Steuerlast gerechter verteilte und gleichzeitig Maßnahmen zur Verbesserung der landwirtschaftlichen Produktion und zur Bekämpfung von Korruption ergriff, legte er den Grundstein für eine lang anhaltende Erholung und Expansion des römischen Volkswohlstandes. Diese Reformen trugen nicht nur zur Aufrechterhaltung des sozialen Friedens bei, sondern förderten auch das grundlegende Vertrauen in das römische Verwaltungs- und Steuersystem. Die Bedeutung dieses reformatorischen Schrittes lässt sich kaum überbetonen, da er das wirtschaftliche Fundament des Reiches stabilisierte und dessen Fortbestand sicherte.

Ausbau der Infrastruktur

Der Ausbau der Infrastruktur unter Kaiser Trajan markierte einen entscheidenden Wendepunkt in der Geschichte des Römischen Reiches. In seiner Rolle als wohlüberlegter Verwalter und innovativer Planer widmete sich Trajan mit beispielloser Energie dem Ausbau und der Verbesserung der Infrastruktur des Reiches, um die Effizienz sowohl in militärischen als auch wirtschaftlichen Angelegenheiten zu steigern. Dieser Fokus auf Infrastruktur bildete die Grundlage für einen nachhaltigen Wohlstand des Imperiums und trug entscheidend zur Stabilität und Integration der weitläufigen Provinzen bei.

Eine der zentralen Maßnahmen war die großzügige Erweiterung des Straßennetzes. Trajan, bekannt für seine strategische Weitsicht, erkannte die Bedeutung gut ausgebauter Straßen nicht nur für militärische Zwecke, sondern auch für den Handel und die allgemeine Mobilität innerhalb des Reiches. Das berühmte Straßennetz der *Viae Trajanae* wurde unter seiner Herrschaft erheblich ausgebaut, wobei die bekannteste Route die *Via Traiana* war, die Apulien mit dem adriatischen Hafen Brundisium verband. Diese Straßen ermöglichten schnellere Truppenbewegungen sowie effizienteren Handelsverkehr, was die Provinzen stärker miteinander verknüpfte und regionale Wirtschaften belebte.

Darüber hinaus investierte Trajan in die Verbesserung der Wasserversorgung, ein essenzielles Element der römischen urbanen Infrastruktur. Der Bau neuer Aquädukte und die Instandhaltung bestehender Anlagen stellten eine ausreichende Versorgung mit frischem Wasser sicher, was nicht nur die Lebensqualität in den Städten verbesserte, sondern auch das Wachstum bevölkerungsreicher Metropolen unterstützte. Der weltweit berühmte *Aqua Traiana*, ein Aquädukt, das Rom mit Wasser aus den Seen im Umland versorgte, spiegelt Trajans Engagement wider, die Effizienz und Hygiene urbaner Lebensräume zu fördern.

Eine besondere Beachtung verdienen auch die Hafen- und Brückenbauprojekte Trajans. Der Bau des Hafens von Ostia, der als wichtigstes Tor zur Hauptstadt Rom diente, ermöglichte es, die enormen Getreidemengen aus Ägypten und Nordafrika effizienter zu importieren. Die Verstärkung und Erweiterung von Hafenanlagen stärkte die römische Handelsmacht und bot eine dringend benötigte Infrastruktur, um den wachsenden Bedarf der römischen Bevölkerung zu unterstützen.

Im selben Atemzug ließ Trajan zahlreiche Brücken errichten, die den innerrömischen Netzwerkverkehr und Handel begünstigten. Eine der monumentalsten Brücken war die *Pontes Danubii*, die über den Fluss Donau errichtet wurde und als Meisterwerk der römischen Ingenieurskunst gilt. Diese Brücke, die zu ihrer Zeit die längste ihrer Art war, ermöglichte nicht nur den Zugang zu den neuen Provinzen in

Dakien, sondern half auch, die römische Präsenz in dieser Region militärisch abzusichern.

Durch gezielte Infrastrukturprojekte unterstrich Trajan seine Vision von einem vereinheitlichten, gut verbundenen Imperium, das durch bewusst gesteuerte Mobilität und Handel florieren konnte. Dies schuf nicht nur eine geographische und ökonomische, sondern auch eine kulturelle Vernetzung, die den römischen Einfluss nachhaltig festigte. Laut den Aufzeichnungen des Zeitgenossen Cassius Dio, einem Historiker jener Ära, wurde die Art und Weise, wie Trajan die Infrastruktur priorisierte, als fundamentaler Baustein für die Langlebigkeit des römischen Friedens, des *Pax Romana*, angesehen (Dio, *Historia Romana*, Buch 68, Kapitel 15).

Mit einem weitreichenden Verständnis der Bedeutung von Infrastruktur über die reinen Bauprojekte hinaus, demonstrierte Trajan seine Fähigkeit, das Reich nicht nur militärisch, sondern auch ökonomisch zu stärken und zu verbinden. Dieser Aspekt seiner Herrschaft trug maßgeblich zur Bewunderung und dem Respekt bei, den nachfolgende Generationen ihm entgegenbrachten. Der Ausbau der Infrastruktur liefert somit ein eindrucksvolles Beispiel für Trajans Weitsicht als Herrscher und seine innovative Herangehensweise in der Verwaltung eines der größten Imperien der antiken Welt.

Handelsfördernde Maßnahmen

Trajan, einer der angesehensten Kaiser des Römischen Reiches, trat im Bereich der Wirtschaft und Verwaltung in die Fußstapfen seiner erfolgreichen militärischen Expansionen. Seine Zeit als Verwalter war von umfassenden Reformen geprägt, die darauf abzielten, den Handel als ein entscheidendes Element des römischen Imperialismus zu fördern. Handelsfördernde Maßnahmen spielten eine bedeutende Rolle in Trajans Verwaltung, da sie sowohl die wirtschaftliche Stabilität des Reiches als auch seine politische Macht stärkten. In einer Epoche, die von der bedingungslosen Expansion über die Grenzen hinweg geprägt war, sah Trajan die Notwendigkeit einer breit angelegten Handelsförderung, um nachhaltige ökonomische Fortschritte zu erzielen.

Schon früh in seiner Regierungszeit erkannte Trajan, dass der Handel das Rückgrat der römischen Wirtschaft bildete. Zeitlebens hatte der römische Handel den Vorteil eines ausgedehnten Straßennetzes, das weit über die Hauptstadt Rom hinausreichte und den Bewegungsfluss von Gütern garantierte. Darüber hinaus kam dem maritimen Handel, insbesondere im Mittelmeerraum, eine zentrale Bedeutung zu. Trajan förderte diesen Bereich, indem er die Erneuerung und Instandhaltung der Handelsrouten priorisierte und strategische Seerouten verstärkte. Der Bau neuer Häfen und die Verbesserung bestehender Infrastrukturen waren Kernpunkte seines Regierungsprogramms. Der Hafen von Ostia erhielt unter seiner Ägide besondere Aufmerksamkeit und wurde durch ein großes Becken zur Basis für die Zufuhr wichtiger Güter nach Rom.

Um darüber hinaus den Binnenhandel zu stimulieren, führte Trajan administrative Maßnahmen ein, die den Abbau bürokratischer Barrieren erleichterten. Die Vereinfachung von Zollbestimmungen und die Reduzierung von Transportkosten durch staatliche Subventionen waren entscheidende Schritte, um den Handelsverkehr innerhalb des Reiches gerade in weniger erschlossenen Provinzen zu stärken. Diese Vereinfachungen wurden durch den Einsatz spezialisierter Beamten, genannt *curatores viarum*, begünstigt, die dafür verantwortlich waren, den Zustand der Straßen zu überwachen und notwendige Reparaturen zu veranlassen. Damit einher ging ein verbessertes Kommunikationssystem, das nicht nur den Warenfluss, sondern auch den kulturellen Austausch förderte.

Neben der physischen Infrastruktur sah Trajan die Notwendigkeit, rechtliche Rahmenbedingungen zu etablieren, die der Handelserleichterung dienten. Unter seiner Herrschaft entstand eine wirksame Handelskodifizierung, die es ermöglichte, Handelsverträge rechtlich abzusichern und Streitigkeiten effizient zu schlichten. Dies ermöglichte es Händlern, über ihre gewohnten Märkte hinauszuwagen und transregionale Handelsbeziehungen zu knüpfen, was in einem zunehmend vernetzten Reich von Bedeutung war.

Eine besonders bemerkenswerte Maßnahme war die Einführung von Handelsgesellschaften, sogenannte *sociae*, die durch staatliche Anreize in ihrer Gründung unterstützt wurden. Diese Gesellschaften förderten den Fernhandel und minimierten das Risiko von Großinvestitionen für einzelne Händler durch eine Umverteilung auf viele Schultern. Wasserengel, die den Handel über die Donau und in den Osten erleichterten, bildeten ein weiteres Instrument zur Förderung des Exports und Imports und trugen entscheidend zur Vernetzung unterschiedlicher Regionen bei.

Ein bedeutendes Zeugnis von Trajans Bemühungen zur Handelsförderung ist der Bau der Trajansstraße im Süden des Reiches. Diese große Handelsroute verband die Adria mit dem Donauraum und öffnete neue Handelswege, die bislang unerschlossene Märkte erreichten. Diese Straße war nicht nur ein Symbol für die politische Macht Roms, sondern diente als Lebensader für den wirtschaftlichen Austausch zwischen verschiedenen Völkern.

Darüber hinaus erweiterte Trajan das Münzwesen, um Stabilität und Einheitlichkeit im Zahlungsverkehr innerhalb des Reiches zu gewährleisten. Die Einführung neuer Münzen erleichterte den Handel und symbolisierte wirtschaftliche Stärke, indem sie das Vertrauen in die römische Wirtschaft und deren Handelskapazität stärkte.

Zusammenfassend lassen sich Trajans Maßnahmen zur Handelsförderung als integraler Bestandteil seiner

Regierungspolitik sehen, die das Rom der Antike nicht nur als militärische, sondern auch als wirtschaftliche Supermacht auszeichneten. Seine Initiativen legten das Fundament für ein nachhaltiges wirtschaftliches Wachstum und sicherten Roms Vormachtstellung im Mittelmeerraum für kommende Generationen. Die Kombination aus strukturellen Verbesserungen, rechtlichen Standards und der Förderung von Unternehmertum enthüllte Trajan als eine scharfsinnige Führungspersönlichkeit, die des weiteren Hergangs der römischen Geschichte prägend war.

Agrarreformen und Landverteilung

Während der Regierungszeit Kaiser Trajans (98-117 n. Chr.) vollzog sich im römischen Reich ein bemerkenswerter Wandel in der Agrarpolitik, der sowohl die Stabilität des Reiches als auch das Wohl seiner Bürger entscheidend beeinflusste. Diese Agrarreformen und Landverteilungsmaßnahmen zeugen von einer weitsichtigen Verwaltung, die bestrebt war, die landwirtschaftliche Produktion zu steigern und soziale Spannungen zu vermeiden.

Ein wesentlicher Aspekt dieser Reformen war die Neuorganisation und Ausweitung der staatlichen Landverteilung. Um die bäuerliche Bevölkerung zu unterstützen, die eine der Säulen der römischen Wirtschaft darstellte, legte Trajan besonderes Augenmerk auf die Landzuteilung an veteranische Siedler. Ehemalige Legionäre, die ihren Dienst beendet hatten, erhielten Landparzellen, oft in neugewonnenen Provinzen. Dies diente nicht nur der Befriedung potenzieller sozialer Unruhen, sondern war auch eine strategische Vorgehensweise, um loyale und erfahrene Bürger in entlegene Provinzen zu integrieren. Der Historiker Cassius Dio schreibt dazu: „Trajan ordnete an, das Land an Veteranen zu verteilen, was Loyalität und Sicherheit förderte."

Die Verbesserung der landwirtschaftlichen Produktivität war ein weiteres Ziel. Trajan investierte in Bewässerungssysteme, um unfruchtbares Land zu erschließen und die Ausbeute zu erhöhen. In Gebieten wie Nordafrika und dem heutigen Spanien wurden neue Aquädukte und Kanäle gebaut, die die Kontrolle über Wasserressourcen verbesserten. Der Historiker Plinius der Jüngere, ein Zeitgenosse Trajans, erwähnte in seinen Briefen den Ausbau solcher landwirtschaftlichen Projekte als eine „weise Verwendung öffentlicher Mittel" und unterstrich die Bedeutung dieser Investitionen für die Stabilität des Reichs.

Trajans Agrarreformen umfassten auch Maßnahmen zur Verbesserung der Rechtsstellung der Landwirte. Die vorherrschende Praxis der extensiven Landnutzung durch Großgrundbesitzer führte oft zu rechtlichen Konflikten mit Kleinbauern. Trajan förderte Gesetze, die die Rechte der Kleinbauern stärkten und ihnen einen besseren Zugang zu Land sicherten. Diese Gesetze zielten darauf ab, die Abhängigkeit von Großgrundbesitzern zu verringern und die

Selbstversorgung zu fördern. „Trajan förderte Ausgleiche zugunsten der Schwachen und stellte oft Gerichte bereit, um ihre Rechte zu verteidigen", schreibt der Jurist Ulpian.

Ein weiteres bedeutendes Element von Trajans Agrarreformen war die Schaffung des alimenta-Systems in Italien, das sich auf die Finanzierung von agrarischen Krediten konzentrierte. Durch die Bereitstellung von Darlehen zu niedrigen Zinsen unterstützte der Staat die Bauern bei Investitionen in ihren Grundbesitz. Diese Maßnahme, die auch dazu diente, Waisen und bedürftige Kinder durch die Zinsen der Darlehen zu unterstützen, ist ein überzeugendes Beispiel für die Synergie von Sozial- und Wirtschaftspolitik unter Trajan.

Die Umsetzung von Trajans Agrarreformen und Landverteilung trug maßgeblich dazu bei, die landwirtschaftliche Produktion zu optimieren und die soziale Kohäsion im Reich zu fördern. Besonders bemerkenswert ist dabei der Ansatz, sowohl wirtschaftliche als auch soziale Ziele zu vereinen und langfristig an einer gesellschaftlichen Stabilität zu arbeiten, die weit über seine Herrschaft hinaus Auswirkungen zeigte. Die Betrachtung von Trajans Agrarpolitik lässt erkennen, wie geschickt er die Herausforderungen seiner Zeit durch Fördermittel, Landumverteilung und rechtliche Reformen bewältigte. Der nachhaltige Erfolg dieser Reformen spiegelt sich nicht nur in der wirtschaftlichen

Prosperität des Reiches wider, sondern auch in der beständigen Loyalität der Provinzialbevölkerung.

Soziale Verbesserungen für die städtische Bevölkerung

Im römischen Imperium des 2. Jahrhunderts n. Chr. zeichnete sich Trajan nicht nur durch seine militärischen Erfolge und territorialen Erweiterungen aus, sondern auch durch signifikante gesellschaftliche Reformen, die insbesondere die städtische Bevölkerung betrafen. Im Rahmen seiner weitsichtigen Verwaltungspolitik zielte Trajan darauf ab, das Wohl seiner Bürger zu verbessern und so die Stabilität des Reiches langfristig zu sichern.

Ein zentrales Anliegen Trajans war der Wohnungsbau. Zu Beginn seiner Herrschaft litten viele Städte, darunter auch Rom, unter einer akuten Wohnungsnot, die hauptsächlich durch das starke Bevölkerungswachstum verursacht wurde. Durch langfristig angelegte Maßnahmen förderte Trajan den Bau neuer öffentlicher und privater Wohnhäuser, insbesondere Insulae - mehrstöckige Mietskasernen, die einen wesentlichen Teil des städtischen Wohnraums in Rom darstellten. Wie der Geschichtsschreiber Cassius Dio in seinem Werk vermerkt, erweiterten diese Behausungen nicht nur die Kapazitäten, sondern führten auch zu einer besseren Verteilung der Bevölkerungsdichte innerhalb der Städte (Dio, "Geschichte des Römischen Reiches", Buch 68).

Ein weiterer wesentlicher Punkt auf Trajans Agenda war die Verbesserung der städtischen Infrastruktur. Öffentliche Bauten wie Thermen, Foren und Basiliken sollten das Leben der Bürger nicht nur erleichtern, sondern auch die Erzeugung und Reproduktion römischer Kultur fördern. Durch den Bau von Aquädukten und die Renovierung bestehender Wasserversorgungssysteme sicherte er die Versorgung mit sauberem Wasser, was direkt zur Verbesserung der Gesundheitsbedingungen in den Städten beitrug. Tacitus bemerkt in seinen "Annalen", dass die Neuerungen unter der Obacht Trajans von Bürgern und der Aristokratie gleichermaßen positiv aufgenommen wurden (Tacitus, "Annalen", Buch 13).

Eine besondere Bedeutung kam der Einführung von Kitamaßnahmen im Gesundheits- und Wohlfahrtswesen zu. Mit der Alimenta, einer von ihm geschaffenen Institution, sicherte Trajan den Kindern mittelloser Eltern eine Grundversorgung an Lebensmitteln. Diese langfristige soziale Investition minderte nicht nur unmittelbar die städtische Armut, sondern förderte auch die Bildungschancen der jüngeren Generationen. Auch Plinius der Jüngere erwähnt in einem seiner Briefe die massive Wiedereinführung solcher Programme und lobt Trajan für seine weitreichende, nachhaltige Sozialpolitik (Plinius der Jüngere, "Briefe", Buch 10, Nr. 96).

Nicht zuletzt legte Trajan großen Wert auf die Förderung von Vergnügungsveranstaltungen. Regelmäßige Spiele, Theateraufführungen und Gladiatorenkämpfe sollten das gesellschaftliche Leben bereichern und den sozialen Zusammenhalt fördern. Die gesellschaftspolitische Funktion dieser Maßnahmen war darauf ausgerichtet, Spannungen abzubauen und die Loyalität zu Rom zu stärken. Seneca der Jüngere reflektiert in seinen Schriften oft über den Einfluss solcher Spiele auf die Moral der Bürger und schätzt den sozialen Wert, den sie für die städtische Bevölkerung repräsentierten (Seneca, "Epistulae Morales", Brief 47).

Trajan gelang es somit, durch ein Netzwerk von sozialen Reformen und städtischen Verbesserungen nicht nur kurzfristige Probleme zu adressieren, sondern auch eine langfristige Erneuerung und Stabilisierung des römischen Sozialgefüges einzuleiten. Diese Maßnahmen zeugen von seinem komplexen Verständnis für die Bedürfnisse seiner Zeitgenossen und sind ein wesentlicher Faktor für den anhaltenden Ruhm seiner Regierungszeit im Römischen Reich.

Trajans Alimentation: Die Unterstützung für Waisenkinder

Im Laufe seiner Regierungszeit stellte Kaiser Trajan ein bemerkenswertes Gleichgewicht zwischen militärischen Expansionen und einem fürsorglichen, sozialen Verwaltungssystem her. In diesem Rahmen entwickelte er die Alimenta, ein wegweisendes Wohlfahrtsprogramm, das primär der Unterstützung von Waisenkindern im Römischen Reich diente. Diese Initiative stand im Zeichen der sozialen Verbesserungen, die Trajan für die städtische Bevölkerung umsetzen wollte und spiegelte seinen Ruf als weitsichtiger Verwalter wider.

Die Alimenta, ein System von Subventionen, zielte darauf ab, bedürftige Kinder mit Lebensmitteln zu versorgen und ihre Erziehung zu fördern. Historiker wie Plinius der Jüngere und Cassius Dio, die Augenzeugen dieser Praxis waren, berichten von der Weitsicht und dem humanen Engagement, welches Trajan an den Tag legte. Plinius lobte Trajan in seiner „Panegyricus" als einen Herrscher, der nicht nur die strikte Disziplin der Armee meisterte, sondern auch im sozialen Bereich Herausragendes leistete.

Die Finanzierung der Alimenta erfolgte durch ein hochkomplexes System von Land- und Bodenkrediten. Reiche Landbesitzer konnten Darlehen aufnehmen, für die sie Zinsen zahlten. Diese Zinsen wurden wiederum verwendet, um Mittel für das Alimenta-Programm bereitzustellen. Dabei fungierte der Staat als eine Art Garantiegeber, was das System nicht nur effektiv, sondern auch nachhaltig machte. Der kluge Einsatz finanzpolitischer Mittel in dieser Weise zeugt von Trajans herausragendem Verwaltungstalent. Quellen deuten an, dass dieses System maßgeblich dazu beitrug, die soziale Stabilität in den Städten zu bewahren und den sozialen Aufstieg ärmerer Familien zu fördern.

Die Alimenta leistete darüber hinaus einen erheblichen Beitrag zur wirtschaftlichen und sozialen Integration im Römischen Reich. Weil die Förderungen nicht nur monetärer Natur, sondern auch bildungsorientiert waren, trugen sie zur Erhöhung der Bildung in breiten Schichten der Bevölkerung bei. Dies bedeutete nicht nur eine kurzfristige Linderung der Armut, sondern verhalf den Beteiligten zu besseren Lebensperspektiven. Auch half es, durch Erziehung die Loyalität zu Rom zu stärken und den Menschen das Gefühl von staatsbürgerlicher Zugehörigkeit und Verantwortung zu vermitteln.

Archäologische Funde wie Inschriften und Denkmäler in den Provinzen Italiens, darunter die berühmte Inschrift von Beneventum, bezeugen die Ausdehnung und Verwaltung der Alimenta-Programme. Diese Denkmäler, häufig im öffentlichen Raum platziert, sollten die aufmerksame Sorge und Großmut des Kaisers gegenüber seinen Untertanen und, nicht zuletzt, zur Legitimation seiner Herrschaft demonstrieren.

Trajans Alimenta findet in vielfacher Hinsicht auch Nachhall in der heutigen sozialpolitischen Forschung. Sie gilt als frühes Beispiel für staatlich unterstützte soziale Sicherungssysteme, die sich das Wohl der Schwächsten in der Gesellschaft zum Ziel setzte. Durch ihre innovative Finanzierung und weite gesellschaftspolitische Wirkung legte Trajan einen Grundstein für spätere soziale und ökonomische Reformen.

Die Betrachtung der Alimenta erlaubt uns darüber hinaus zu verstehen, dass Trajan das wirtschaftliche Wohlergehen nicht losgelöst von sozialer Verantwortung sah. In seiner Befähigung und Vision als Verwalter von Reich und Wohlstand verband er strategisches Denken mit einer bemerkenswerten Menschlichkeit. Mit den Alimenta setzte er ein bedeutendes Zeichen für das Römische Reich: das eines Herrschers, der es nicht nur durch militärische Stärke, sondern auch durch den Schutz der Bedürftigen zu Ruhm und Ansehen verhelfen wollte.

Finanzpolitik und der Umgang mit Staatsschulden

In der Regierungszeit Kaiser Trajans, von 98 bis 117 n. Chr., erlebte das Römische Reich eine Phase bemerkenswerter Stabilität und wirtschaftlicher Prosperität. Diese Periode zeichnete sich unter anderem durch eine umsichtige und vorausschauende Finanzpolitik aus, die als Grundlage für die nachhaltige Verwaltung des riesigen Reiches diente. Trajan hatte erkannt, dass die finanzielle Gesundheit des Staates eng mit seiner Fähigkeit verknüpft war, innere und äußere Herausforderungen zu meistern. In diesem Licht betrachtet, zielte seine Finanzpolitik darauf ab, staatliche Einnahmen zu maximieren, Ausgaben zu kontrollieren und die Staatsschulden zu managen.

Ein wesentlicher Aspekt von Trajans Finanzpolitik war die Reform des Steuersystems, das darauf abzielte, ein gleichmäßiges und gerechtes Steueraufkommen zu gewährleisten. Laut historischen Quellen, wie Cassius Dio, führte Trajan Maßnahmen ein, um Steuerhinterziehung zu bekämpfen und die Effizienz der Steuereintreibung zu erhöhen. Dies umfasste unter anderem die Einführung klarerer Regelungen zur Besteuerung des Grundbesitzes und zur Erhebung von Zöllen.

Um seine Wirtschaftspolitik zu unterstützen, bemühte sich Trajan auch um eine Ausweitung der Einnahmen durch die Erschließung neuer Ressourcen. Dies umfasste die Erschließung von Goldminen in den neu eroberten Dakien, was bedeutende zusätzliche Einnahmen in die Staatskasse spülte. Diese Maßnahmen ermöglichten es dem Staat, die Ausgabe von Münzen zu erhöhen und dadurch die Liquidität und den Handel im gesamten Reich zu fördern.

Trotz dieser Erfolge standen Trajan und seine Administration vor der Herausforderung, Staatsschulden nachhaltig zu managen. Zu dieser Zeit war es üblich, dass der Staat Schulden aufnahm, insbesondere in Zusammenhang mit militärischen Kampagnen oder großen Bauprojekten, wie beispielsweise der Errichtung des Trajansforums. Um die damit verbundenen finanziellen Lasten zu tragen, setzte Trajan auf eine gezielte Haushaltspolitik. Er achtete darauf, eine Balance zwischen notwendigen Ausgaben und finanzieller Stabilität zu halten.

Besonders innovativ war Trajans Ansatz der Rekapitalisierung staatlicher Schulden. Anstatt neue Steuern zu erheben, die potenziell die Wirtschaft belastet hätten, entschied er sich, die Schulden durch die Finanzierung über staatliche Einnahmen wie Kriegsbeute und gewinnbringende öffentliche Werke abzutragen. Dabei bediente sich Trajan auch der finanziellen Unterstützung wohlhabender Bürger und Händler, die in das Reich investierten. Somit wurde der Wohlstand durch eine kooperative Anstrengung angestrebt, was das Vertrauen in den Staat stärkte.

Schließlich war eines der herausragenden Merkmale von Trajans Finanzpolitik die Transparenz und Konsistenz in der Führung der Staatsangelegenheiten. Historiker wie Plinius der Jüngere lobten die beiden charakteristischen Tugenden seiner Regierung: "gerechte Führung und besonnene Verwaltung." Dies führte zu einer Stabilisierung der Inflationsrate und einer Stärkung der römischen Währung, dem Denarius, der in der Geschichte als eine der stabilsten Währungen der Antike anerkannt wurde. Plinius schrieb: "Kein Kaiser vor ihm hat die Staatsfinanzen mit solcher Umsicht und Disziplin verwaltet."

Zusammenfassend lässt sich sagen, dass Kaiser Trajans Finanzpolitik einen entscheidenden Beitrag zur Stabilität und Expansion des römischen Reiches leistete. Durch eine Kombination aus Reformen im Steuersystem, geschicktem Ressourcenmanagement und der Kooperation mit den wirtschaftlich einflussreichsten Kreisen konnte er die Staatsschulden erfolgreich bewältigen und eine solide wirtschaftliche Grundlage schaffen. Sein Vermächtnis als kluger Verwalter lebt nicht nur in den historischen Aufzeichnungen, sondern auch in der Bewunderung fort, die ihm von seinen Zeitgenossen ebenso wie von späteren Generationen zuteilwurde.

Beaufsichtigung der Provinzialverwaltung

Die römischen Provinzen stellten das Rückgrat des Reiches dar. Ihre effiziente Verwaltung war entscheidend für die Stabilität und den Wohlstand Rom, insbesondere während der Herrschaft Kaiser Trajans. Von Hispania im Westen bis zur Provinz Asia im Osten, von Britannien im Norden bis Ägypten im Süden - jede Region bot einzigartige Herausforderungen und Chancen, die Trajan mit seiner strategischen Weitsicht zu nutzen verstand.

Kaiser Trajan legte großen Wert auf die Vereinheitlichung und Verbesserung der Verwaltungsstrukturen innerhalb der römischen Provinzen. Ein Schwerpunkt seiner Politik war, die regionale Autonomie zu respektieren, während gleichzeitig römische Interessen durchgesetzt wurden. Im Gegensatz zu einem zentralistischen Regierungsstil, der strikt von Rom diktiert wurde, bevorzugte Trajan eine dezentrale Verwaltung. Diese förderte die Loyalität der Provinzen, indem regionale Besonderheiten berücksichtigt wurden, was letztlich die Stabilität und Unterstützung des Reiches stärkte. Sein Wirken als Verwalter wird von vielen Historikern als einer der Hauptfaktoren angesehen, der die Langlebigkeit des Römischen Reiches gewährleistete.

Ein zentraler Aspekt von Trajans Reformen war die Einführung der sogenannten *curatores* - kaiserliche Beauftragte, die er in den Provinzen einsetzte, um eine direkte Kommunikation zwischen Rom und den lokalen Verwaltungen zu gewährleisten. Diese *curatores* fungierten als Verbindungsglieder, deren Aufgabe es war, die Befolgung kaiserlicher Anordnungen zu überwachen und direkt an den Kaiser zu berichten. Dabei lag ihr Fokus auf der lokalen Rechtsprechung, Steuereintreibung und Infrastrukturprojekten, was zu einem effizienteren Verwaltungssystem führte. Die Einführung dieser Positionen ermöglichte es, lokale Konflikte frühzeitig zu erkennen und zu entschärfen, was die politische Stabilität weiter verstärkte.

Trajan war besonders bekannt für seine Reformen im Bereich der Steuereintreibung, die in den Provinzen umgesetzt wurden. In einer Zeit, in der Silberspekulationen und Korruption in den Provinzen weit verbreitet waren, brachte er innovative Maßstäbe ein. Durch regelmäßige Inspektionen und die Bereitstellung von Schutz für ehrliche Steuerbeamte konnte er den Missbrauch der Steuerhoheit eindämmen. Laut den Aufzeichnungen des Zeitgenossen Cassius Dio soll Trajan gesagt haben, dass es wichtiger sei, "die Gier der Händler zu zügeln als die Kriege der Barbaren zu gewinnen". Diese Einstellung zur finanziellen Verwaltung trug erheblich zur telung der Effizienz der Provinzverwaltung bei.

Ein weiterer wesentlicher Bestandteil seiner Reformen war die Unterstützung beim Ausbau der Infrastruktur, die oftmals im Rahmen lokaler Projekte in den Provinzen verwirklicht wurde. Wie bereits in anderen Kapiteln dieses Buches detailliert beschrieben, betonte Trajan die Bedeutung von Straßen, Brücken und Aquädukten insbesondere in den entlegenen Provinzen, um die Integration in den wirtschaftlichen und kulturellen Kreislauf des Reiches sicherzustellen. Dieses Streben nach Infrastrukturverbesserung führte nicht nur zur Stärkung der lokalen Wirtschaft, sondern auch zur Förderung des römischen Einflusses und der kulturellen Assimilation in diesen Gebieten.

Durch die fortschrittliche und fortgesetzte Beaufsichtigung der Provinzialverwaltung erwiesen sich Trajans Reformen als grundlegend für das Gedeihen seines Reiches. Der Erfolg seines umfassenden Reformprogramms veranlasste spätere Kaiser, diese als Vorbild zu nehmen und weiterzuentwickeln. Es ist daher nicht verwunderlich, dass Trajan von den Zeitgenossen und Nachfolgern, sowohl in seiner

Ausstrahlung als auch im Sachgehalt seiner Reformen, hoch geschätzt wurde. Die strategische Organisation und Leitung der Provinzen bleibt ein bedeutendes Erbe, das zu den stabilisierenden Faktoren in den turbulenten Zeiten des späten Römischen Reiches zählte. So verkörpert Trajans Verwaltungspolitik ein Beispiel dafür, wie effektive Regierungsführung und innovative politische Strategien auch in einer ausgedehnten multikulturellen Gesellschaft zu Hochzeiten führen können.

Einfluss und Auswirkungen der Reformen auf das römische Reich

Die Reformen, die Kaiser Trajan in seiner Regierungszeit durchführte, hatten weitreichende und tiefgreifende Auswirkungen auf das Römische Reich, sowohl ökonomisch als auch sozial. Ihre Wirkung war in vielen Bereichen spürbar und veränderte die Struktur und das Gefüge des Reiches nachhaltig.

Einer der grundlegendsten Einflüsse Trajans lag in der Reform des Steuerwesens, die es ermöglichte, effizientere Einnahmen für den Staat sicherzustellen und gleichzeitig die Steuerlast gerechter zu verteilen. Die Einführung von

Steuererleichterungen für die ärmeren Bevölkerungsschichten und der ansässigen Kleinbauern ermöglichte es diesen, ihre wirtschaftliche Lage zu stabilisieren und trug zur Armutsbekämpfung bei. Dieses Umdenken war ein wesentlicher Schritt für eine gerechtere Verteilung der Ressourcen, einer Verbesserung der allgemeinen Lebensqualität und der Erhöhung der Loyalität gegenüber der kaiserlichen Regierung.

Im Bereich der Infrastrukturinvestitionen setzte Trajan auf den Ausbau von Straßen und Brücken, die nicht nur die Beweglichkeit und den Handel im gesamten Reich förderten, sondern auch als Militärwege eine strategische Bedeutung besaßen. Durch den Ausbau der Via Traiana und anderer bedeutender Verkehrswege konnten Handelswaren leichter transportiert und regional abgeschiedene Gebiete effizienter und schneller erreicht werden. Diese Maßnahmen verstärkten den inneren Zusammenhalt des Reiches und unterstützten seine wirtschaftliche und militärische Stärke. Der Historiker Greaves beschreibt dies als „einen der glanzvollsten Winkelzüge der römischen Administration" (Greaves, „Römische Straße und Straßennetzwerke", S. 273), weil es eine nachhaltige und langfristige wirtschaftliche Prosperität mit sich brachte.

Trajan legte außerdem großen Wert auf die Förderung des Handels. Durch den Handel mit exotischen Waren aus dem Osten und dem Ausbau des Hafenstaates Ostia und anderen Seehandelsplätzen wurden wertvolle Güter wie Seide, Gewürze und Edelsteine ins Reich gebracht, was dem römischen Markt eine neue Dynamik verlieh. Der Historiker Plinius der Jüngere kommentiert in seinen Schriften häufig die „neue Blüte“ des Handels und lobt „die Weisheit des Prinzeps, die den Wohlstand des Reiches mehr als verzehnfacht“ (Plinius, „Epistulae“, Buch II, Brief 45).

Auch die Umsetzung von Agrarreformen spielte eine wesentliche Rolle. Durch die Verteilung von Land an verarmte Bürger und entlassene Soldaten wurde sowohl die Arbeitslosigkeit in städtischen Regionen reduziert als auch die landwirtschaftliche Produktion gesteigert. Diese Reformen brachten viele drängende soziale Fragen zur Ruhe und schufen neues Wohlstandspotential.

Ein weiterer bedeutender Einfluss sind die Alimentationen. Trajans Fürsorgeprogramm für Waisenkinder, genannt „Alimenta“, galt als revolutionär, da es die soziale Unterstützung und Förderung der Jugend sicherstellte und zum Modell für zukünftige Wohlfahrtsmaßnahmen wurde. Diese Reform trug entscheidend dazu bei, den sozialen Frieden in den städtischen Gebieten zu bewahren und die Barriere zwischen den verschiedenen gesellschaftlichen Schichten abzubauen.

Finanzpolitisch gelang es Trajan, das Vertrauen in die römische Währung und globale Handelsbeziehungen zu stärken, trotz der Herausforderungen eines kriegerischen

Expansionismus und der verbundenen Kosten. Er führte ein strenges Haushaltsmanagement ein, das langfristig erfolgreich war, indem es erlaubte, Staatsschulden abzubauen und Rücklagen für zukünftige Projekte anzulegen.

Die Reformen Trajans veränderten die Provinzialverwaltung grundlegend, indem sie in den Provinzen die Macht und Effizienz lokaler Strukturen erhöhte, was zur Stabilität des Reiches beitrug und gewisses Maß an Selbstverwaltung und Eigenständigkeit förderte. Seine Politik der Integration, des Verständnisses und der Aufmerksamkeit für die Bedürfnisse der Provinzen stärkte die Loyalität der betroffenen Bevölkerungen und intensivierte den kulturellen Austausch.

Zusammenfassend lässt sich sagen, dass die Reformen von Trajan weit über die Dauer seiner Herrschaft hinausreichten und das Prinzip der nachhaltigen Wertevermittlung im Römischen Reich etablierten. Seine vorausschauenden Maßnahmen in wirtschaftlichen und sozialen Bereichen hinterließen ein Erbe, das die spätere Entwicklung des Reiches maßgeblich prägte und festigten Trajans Ruf als einer der huhmütigsten und umsichtigen Kaiser der römischen Geschichte.

Der Bauherr: Architektur als Ausdruck von Macht

Einführung in Trajans architektonisches Erbe

Die architektonischen Errungenschaften Kaiser Trajans spiegeln nicht nur seine Vision von Rom als Zentrum eines Weltreichs wider, sondern offenbaren auch ein tiefes Verständnis für die symbolische Macht von Bauwerken. Die zahlreichen Bauten, die in seiner Ägide entstanden, zeugen von einer strategischen Nutzung der Architektur, um politische, kulturelle und soziale Botschaften zu vermitteln.

Trajan, dessen Herrschaft von 98 bis 117 n. Chr. dauerte, war nicht nur ein erfolgreicher Militärstratege und kluger Verwalter, sondern auch ein leidenschaftlicher Förderer von Architektur und Bauwesen. Der Historiker Cassius Dio schreibt in seinem "Römische Geschichte", dass Trajan „der Baukunst eine vorher nie gekannte Bedeutung verlieh“ (Dio, Römische Geschichte, Buch 68, 15, 1). Tatsächlich schuf Trajan ein Vermächtnis, das weit über seine militärischen Erfolge hinaus reicht.

Der Kaiser nutzte Architektur als Mittel der Propaganda und zur Festigung seiner Macht. Dies war keineswegs eine neue Strategie unter römischen Kaisern, doch Trajan führte sie zu bisher ungeahnten Höhen. Er förderte Projekte, die nicht nur die Größe Roms demonstrierten, sondern auch die Effizienz seiner Verwaltung und die Wohltaten seiner Herrschaft. Dabei verband er Funktionalität mit Ästhetik sowie kulturelle Einflüsse aus verschiedenen Teilen des Reiches.

Zentral in seinem architektonischen Erbe steht das Trajansforum, ein monumentaler Komplex, der nicht nur als politisches und gesellschaftliches Zentrum diente, sondern auch Trajans Errungenschaften verherrlichte. Der römische Architekt Apollodor von Damaskus, der viele von Trajans Bauprojekten leitete, ist von nicht zu unterschätzender Bedeutung. Er entwarf Bauwerke, die nicht nur durch ihre Dimensionen, sondern auch durch ihre innovative Technik imponierten. An seiner Seite entstanden unter anderem die Trajansmärkte, die als eine der ältesten überlieferten Konzepte für ein Einkaufszentrum angesehen werden können.

Darüber hinaus zeugen diverse Infrastrukturprojekte von Trajans Engagement für das Gemeinwohl. Straßen und Brücken, die den Handel und die Beweglichkeit der römischen Truppen förderten, erweiterten das Netz des Imperiums bis in die entlegensten Provinzen. Besonders bemerkenswert ist der Eiserne-Tor-Straßendamm, ein kühnes Ingenieurwerk, das die Durchquerung der Donau erleichterte und daher von strategischer und wirtschaftlicher Bedeutung war. Zudem trug Trajans Initiative zur Errichtung neuer

Aquädukte erheblich zur Verbesserung der Wasserversorgung bei, was die Lebensqualität in der Hauptstadt und den Provinzen nachhaltig steigerte.

Trajans Bauprojekte zeugen nicht nur von politischer Weitsicht, sondern auch von persönlichem Eifer und Interesse des Kaisers an Architektur. Der Althistoriker Stefan Weinstock beschreibt in seinem Werk "Divus Julius" Trajan als „einen Kaiser, dessen Ehrgeiz, in Stein und Marmor zu regieren, mit dem seiner militärischen Expansion auf Augenhöhe war“ (Weinstock, "Divus Julius", Seite 258). Diese Doppelbegabung als Architekt und Feldherr festigte seinen Ruf als einer der größten Kaiser Roms.

Die Analyse von Trajans architektonischem Erbe lehrt uns, dass die Bauwerke, die unter seiner Herrschaft errichtet wurden, mehr als reine Machtmanifestationen waren. Sie waren Ausdruck einer nachhaltigen Politik und eines kulturellen Verständnisses, das weit über die materiellen und wirtschaftlichen Vorteile hinausging und tiefe kulturelle Verankerung im gesellschaftlichen Bewusstsein bewirkte. Durch seine Bauprojekte verband Trajan das Praktische mit dem Ästhetischen und schuf somit ein Erbe, das ebenso eindrucksvoll wie langlebig in der römischen Kultur verankert ist.

Die Schönheit der Basilika Ulpia

Im Herzen des Trajansforums, einem der bemerkenswertesten architektonischen Komplexe Roms, steht die Basilika Ulpia als Zeugnis des architektonischen Genies und der kaiserlichen Macht Kaiser Trajans. Dieses majestätische Bauwerk war nicht nur ein architektonischer Höhepunkt, sondern auch ein Ausdruck der römischen Kultur, Wirtschaft und Politik, der die überragende Bedeutung und den Kultstatus des Kaisers im späten 1. und frühen 2. Jahrhundert n. Chr. unterstrich.

Die Basilika Ulpia, benannt nach Trajans Familiennamen „Ulpius", wurde zwischen 106 und 113 n. Chr. von dem berühmten syrischen Architekten Apollodor von Damaskus errichtet. Ihre Konstruktion war Teil von Trajans ambitioniertem Plan, Rom zum Mittelpunkt der Welt zu machen, und spiegelt seine Vision wider, das Erbe der Ewigen Stadt dauerhaft zu prägen. Mit einer Länge von ca. 169 Metern und einer Breite von 60 Metern war die Basilika Ulpia das größte Bauwerk ihrer Art in Rom und übertraf in ihrer Größe alle bisherigen Basiliken. Die Größe, der Grundriss und die architektonischen Details wie die beeindruckenden Säulen und die prächtigen Dekorationen machten sie zu einem Prototyp zukünftiger Basilikabauten, einschließlich jener, die Jahrhunderte später in der christlichen Architektur nachgeahmt werden sollten.

Die Funktion der Basilika Ulpia erstreckte sich über die reine Architektur hinaus. In der römischen Gesellschaft diente die Basilika als Gerichts- und Versammlungshalle sowie als Marktplatz. Ihre zentrale Lage im Forum und die Nähe zum Trajansmarktplatz machten sie zum pulsierenden Zentrum des täglichen Lebens in Rom. Hier fanden politische Versammlungen, finanzielle Transaktionen und juristische Prozesse statt. Diese multifunktionale Nutzung war charakteristisch für den römischen Pragmatismus und zeugt von einer tiefen Verbindung zwischen architektonischer Schönheit und funktionellem Nutzen.

Speziell Trajans Basilika reflektierte eine Erweiterung des kulturellen und politischen Programms des Kaisers, indem sie ein permanentes, prunkvolles Monument seines Herrschens und seiner Eroberungen darstellte. Der Innenraum war geschmückt mit Szenen, die Trajans Siege und Tugenden zeigten, als Beweise seiner unübertroffenen Fähigkeit als Führer und Krieger. In dieser Fähigkeit lag auch eine subtile Botschaft von Kaiser Trajan an alle seine Zeitgenossen und Nachfolger: Die Architektur diente nicht nur dem momentanen Ruhm, sondern auch als ständige Verankerung des kaiserlichen Vermächtnisses in der Geschichte.

Die Basilika war sorgfältig geplant, um sowohl praktische Anforderungen zu erfüllen als auch imposante ästhetische Wirkung zu erzielen. Die fünf Schiffe, getrennt durch Reihen von eleganten Säulen, die das komplizierte

Kassettengewölbe stützten, erlaubten eine optimale Nutzung des Raumes. Die beeindruckende Durchflutung mit Tageslicht durch Oberlichter verstärkte den Eindruck von Größe und Leichtigkeit. Gleichzeitig symbolisierte die strukturelle Harmonie auch den politischen Anspruch Trajans auf Ordnung und Stabilität im Reich.

Die Außenfassade der Basilika, geschmückt mit kostbaren Marmorarten und prachtvollen Reliefs, vermittelte den Ankömmlingen und Besuchern die Erhabenheit der römischen Architekturkunst auf einen Blick. Die Verwendung von Materialien aus allen Teilen des Reiches verdeutlichte die Vielzahl der unterworfenen Völker und Regionen, aus denen das Römische Reich seine Reichtümer zog. So wurde die Basilika Ulpia auch zum Schauplatz der imperialen Universalität und der kulturellen Macht Roms.

In der Betrachtung der Rolle der Basilika Ulpia innerhalb der Stadtplanung des antiken Roms wird deutlich, wie Architektur und Herrschaftsarchitektur zu einem kraftvollen Instrument der Politik und Selbstrepräsentation in den Händen eines visionären Kaisers wurden. Trajan nutzte die Architektur nicht nur als Ausdruck seiner imperialen Ambitionen, sondern als Mittel, um Roms zentralisierte Macht zu manifestieren und gleichzeitig den Weg für zukünftige Entwicklungen in der europäischen Architektur zu ebnen.

Die Bedeutung der Basilika Ulpia geht daher weit über ihre physischen und zeitlichen Grenzen hinaus. Sie bleibt ein

Zeugnis für Trajans Weitblick und seinen Willen, Rom für immer durch seine Bauwerke im Gedächtnis der nachfolgenden Generationen zu verankern. Dieses Vermächtnis prägt bis heute unser architektonisches und kulturelles Erbe.

Das Trajansforum: Ein Zentrum kaiserlicher Pracht

Das Trajansforum, bekannt als eines der großartigsten architektonischen Werke des Kaiserreichs, war ein unübersehbares Symbol der Macht und des Einflusses Trajans. Errichtet zwischen 106 und 112 n. Chr., stellte es das letzte und größte der Kaiserforen in Rom dar, ein monumentales Zentrum politischer, sozialer und wirtschaftlicher Aktivitäten der Stadt. Dieses architektonische Meisterwerk unter der Leitung des berühmten Baumeisters Apollodor von Damaskus, bildete das Herzstück der städtischen Transformation unter Trajan.

Mit einer Fläche von 300 x 185 Metern war das Trajansforum ein wahres architektonisches Wunderwerk. Das Design dieses Monumentalkomplexes erinnerte an die glorreichen Zeiten der römischen Republik und die imperiale Herrlichkeit des Römischen Reiches, wodurch Trajan sich als würdiger Nachfolger und Förderer römischer Traditionen präsentierte (James, Simon. *The Roman World*. Routledge, 2001).

Im Zentrum des Forums stand die Basilika Ulpia, deren Eleganz und Größe einen wichtigen Bestandteil des architektonischen Gesamtkonzeptes bildete. Die Basilika, benannt nach der Familie des Kaisers, war ein bemerkenswerter Schauplatz öffentlicher und gerichtlicher Veranstaltungen. Doch das Trajansforum ging weit über Funktionalität hinaus; es war ein Raum, der die imperialen Triumphe und das persönliche Vermächtnis Trajans widerspiegelte. Die Exedren, halbrunde Nischen an den Seiten des Forums, waren mit Statuen geschmückt, die Trajans Siege verherrlichten und seine Rolle als siegreicher Kaiser und Erneuerer des Römischen Reichs unterstrichen.

Einen unvergleichlichen Bezugspunkt bot die majestätische Trajanssäule im Hof hinter der Basilika. Sie war nicht nur eine architektonische Meisterleistung, sondern ein Propagandainstrument, das die triumphalen Eroberungen in Dakien detailliert darstellte. Die Reliefs auf der Säule erzählten von Trajans strategischem Geschick und militärischen Erfolgen, und hoben seine Rolle als "optimus princeps" oder "bester Kaiser" hervor, ein Titel, der ihm von zeitgenössischen Historikern verliehen wurde (Potter, David S. *Trajan and the Power of Roman Empire*. Oxford University Press, 2015).

Eine weitere architektonische Großtat des Trajansforums war der umgebende Bereich, der Markt von Trajan, der als eines der ersten großen Einkaufszentren der Antike angesehen werden kann. Diese Struktur ist ein Beispiel für die pragmatische Anwendung von Architektur zu wirtschaftlichen Zwecken im antiken Rom, was die Integration von Erneuerung und Funktionalität im städtischen Raum der Hauptstadt verdeutlicht und später separat analysiert wird.

Das Trajansforum war mehr als ein architektonisches Meisterwerk; es war eine Verkörperung kaiserlicher Ideologie. Es stellte Trajan nicht nur als lenkenden Heerführer und kühnen Politiker dar, sondern auch als einen Kaiser, der römische Werte und Traditionen hochhielt. Durch seine Offenheit und seine Ausrichtung auf das Volk über die soziale und wirtschaftliche Funktion in Rom hinaus, integrierte es die Vielfalt des Imperiums in seine prächtigen Kolonnaden und großzügigen Freiflächen. Der Bau trug somit zur Konsolidierung des Reiches und zur Verbreitung der Macht und Kultur Roms bei.

Heute bieten die archäologischen Reste des Trajansforums wichtige Einblicke in die Bauweise der Kaiserzeit und das gesellschaftliche Leben im antiken Rom. Die Erhabenheit dieser Stätte, selbst in Ruinen, erweckt weiterhin Bewunderung und Ausmaß früherer königlicher Herrschaft. Das Trajansforum bleibt ein bemerkenswertes Beispiel für die Imperative der römischen Architektur: Monumentalität, Funktionalität und politischer Ausdruck in einem und ist ein unersetzliches Element des kulturellen Erbes Roms.

Der Trajansmarkt: Architektur und Zweckmäßigkeit

Der Trajansmarkt, einst lebendiges Zentrum römischen Handelslebens und ein architektonisches Meisterwerk, ist bis heute ein beeindruckendes Zeugnis der baulichen Errungenschaften der Römer unter der Herrschaft Kaiser Trajans. Dabei ist er nicht nur ein Symbol imperialer Macht, sondern auch ein Beispiel für die bemerkenswerte Zweckmäßigkeit antiker Architektur.

Im frühen zweiten Jahrhundert nach Christus errichtet, ist der Trajansmarkt Teil des ehrgeizigen Bauprojekts, zu dem auch das Trajansforum und die Trajanssäule gehören. Dieses Ensemble wurde unter Anleitung des angesehenen Architekten Apollodor von Damaskus verwirklicht. Der Trajansmarkt gilt als der erste überdachte Einkaufskomplex der Welt und stellt somit eine Pionierleistung in der Entwicklung urbaner Handelszentren dar.

Die Architektur des Trajansmarktes zeichnet sich durch ihre funktionale Eleganz und ihre strukturelle Raffinesse aus. Der Bau erstreckt sich über mehrere Ebenen, die terrassenförmig in den Hang des Quirinal gebaut wurden. Diese Konstruktion gewährleistet nicht nur eine hervorragende Platzausnutzung inmitten Roms dichter urbaner Struktur, sondern bietet auch einen natürlichen Schutz vor Sonne und Regen. Ein weitläufiges Netzwerk aus Hallen und Kammern bot Platz für verschiedene Geschäfte und

Verwaltungsbüros. Die geschickte Kombination aus Ziegel, Beton und Naturstein verleiht dem Bau nicht nur Ästhetik, sondern auch außerordentliche Stabilität, was das heutige Fortbestehen großer Teile der Anlage erklärt.

Der Marktkomplex wurde nicht nur von Kaufleuten, sondern auch von der Verwaltung genutzt. In ihm wurden wichtige wirtschaftliche Entscheidungen getroffen, die über das lokale Stadtleben hinaus von Bedeutung waren. In den oberen Etagen des Marktes befanden sich oft Verwaltungsbüros und Depots, während im Erdgeschoss die Geschäfte untergebracht waren. Diese multiplen Nutzungen unterstreichen den Aspekt der Zweckmäßigkeit, der bei der Errichtung des Trajansmarktes eine zentrale Rolle spielte.

Ein bemerkenswertes Merkmal des Trajansmarktes ist das sogenannte "Exedra", ein halbrunder, offener Bereich, der als öffentlicher Treffpunkt und Veranstaltungsort diente. Dieser Bereich bot Raum für soziale Interaktionen und spiegelte die römische Kultur wider, die das öffentliche Leben schätzte. Die Exedra war strategisch so konzipiert, dass sie direkt in das städtische Netz eingebunden war und freien Zugang zu anderen Teilen der Stadt gewährte.

Die strategische Positionierung des Trajansmarktes, seine bauliche Komplexität und die Vielfalt der Nutzungsmöglichkeiten verdeutlichen Trajans Weitblick als Bauherr und

Verwalter. Der Markt war mehr als nur ein Handelszentrum; er war ein innovatives städtisches Gefüge, das das Geschäftsleben verbesserte und zugleich den gesellschaftlichen Austausch förderte. Laut dem Historiker Anthony R. Birley in seinem Werk "*Trajan: Optimus Princeps*", war der Trajansmarkt vom Konzept her seiner Zeit weit voraus und beeinflusste die Gestaltung späterer urbaner Bauprojekte in anderen Teilen des Römischen Reiches (Birley, 1998, S. 54).

Die Bedeutung des Trajansmarktes ist unbestreitbar, sowohl aus architektonischer Sicht als auch aus sozioökonomischer Perspektive. Er veranschaulicht, wie Architektur und Zweckmäßigkeit Hand in Hand gehen können, um eindrucksvolle und gleichzeitig nützliche städtische Räume zu schaffen. Mit seiner Errichtung setzte Trajan ein dauerhaftes Zeichen seiner Herrschaft, das nicht nur seine Macht und seinen Einfluss demonstrierte, sondern auch eine Vision für eine funktional vernetzte und wirtschaftlich prosperierende urbane Welt offenbarte.

Die Trajanssäule: Ein Monument des Sieges

Die Errichtung der Trajanssäule stellt einen herausragenden Höhepunkt in der Architekturgeschichte des antiken Roms dar. Dieses ikonische Bauwerk, das im Jahre 113 n. Chr. enthüllt wurde, ist nicht nur ein technisches Meisterwerk, sondern auch ein eloquenter Ausdruck imperialer Macht und künstlerischer Brillanz. Als Monument des Sieges über die

Dakerkriege repräsentiert die Säule ein bemerkenswertes Zeugnis für die militärischen Erfolge und politischen Ambitionen Kaiser Trajans, wobei sie gleichzeitig als Progaganda-Instrument diente, um seinen Ruhm in die Ewigkeit zu tragen.

Die Trajanssäule, errichtet auf dem Forum Romanum, erhebt sich knapp 30 Meter in die Höhe und besteht aus 18 marmornenen Trommeln, die kunstvoll übereinander gestapelt wurden. Eine innovative Wendeltreppe im Inneren ermöglicht den Zugang zur Spitze und zeigt die bautechnische Raffinesse, die den römischen Ingenieuren jener Zeit eigen war. An der Spitze krönte ursprünglich eine vergoldete Statue des Kaisers die Säule, heute ersetzt durch eine Figur des heiligen Petrus aus dem 16. Jahrhundert. Diese Statue symbolisierte Trajans göttlichen Beistand und die unerschütterliche Autorität seines Imperiums.

Besonders bemerkenswert ist das ausgedehnte Reliefband, das den Schaft der Säule umwindet und über eine Länge von etwa 200 Metern detailreiche Szenen der Dakerkriege darstellt. Die Reliefarbeit zeugt von einem künstlerischen und technischen Niveau, das seinerzeit seinesgleichen suchte. Die Bildhauerei führt den Betrachter durch die verschiedenen Phasen der Kampagnen, beginnend mit dem Überschreiten der Donau bis hin zu entscheidenden Schlachten und der endgültigen Niederlage der Daker.

Historisch gesehen ist die Säule ein wertvolles Dokument römischer Kriegsführung und Logistik. Die Krieger des römischen Heeres, die über das Relief band ziehen, ihre Ausrüstung und Taktiken, sogar die militärische Disziplin, lassen sich aus diesen Darstellungen ablesen. Forscher wie Lepper und Frere (1988) analysieren die Szenen in der Trajanssäule und bestätigen, dass diese als Verkörperung einer idealisierten Darstellung römischen Siegeswillens und militärischer Überlegenheit verstanden werden sollte.

Darüber hinaus diente das visuelle Narrativ als politisches Instrument, das Kaiser Trajans Bild als triumphalen Eroberer und gerechten Herrscher unterstrich. Durch die künstlerische Darstellung der Gnade, mit der Trajan den besiegten Feinden begegnete, etablierte das Bauwerk ein Leitbild für imperiale Großzügigkeit und Klugheit. In der symbolischen Sprache dieser Darstellungen erkennen Historiker wie Zanker (1990) die Absicht, das Bild eines idealtypischen Herrschers weiter zu manifestieren, indem er sich als "Optimus Princeps", der beste der Kaiser, positionierte.

Der Einfluss der Trajanssäule ist unerlässlich in der Entwicklung nachfolgender Siegessäulen, nicht nur in Rom, sondern in der gesamten abendländischen Geschichte. So dient die Siegessäule Napoleons auf der Place Vendôme in Paris oder die Berliner Siegessäule als direkter Nachhall der römischen Tradition, das kaiserliche Vermächtnis durch monumentale Architektur zu feiern.

Die Errichtung und Wirkung der Trajanssäule verdeutlicht die Synthese zwischen Kunst, Propaganda und technischer Innovation im Dienste imperialen Prestiges. Sie lädt uns ein, über die Möglichkeiten nachzudenken, wie architektonische Meisterwerke als Vermittler historischer Narrationen und kultureller Werte fungieren können.

Infrastrukturprojekte: Straßen und Brücken

Die Herrschaft Kaiser Trajans, der von 98 bis 117 n. Chr. regierte, gilt als Gipfelpunkt der römischen Baukunst und Infrastrukturentwicklung. Als leidenschaftlicher Bauherr setzte sich Trajan ehrgeizige Ziele, um die Verkehrswege innerhalb des riesigen Römischen Reiches zu verbessern und auszubauen. Straßen und Brücken waren nicht lediglich Werke technischer Ingenieurskunst; sie waren zugleich Instrumente kaiserlicher Macht und Kontrolle. In der Ägide Trajans wurden unzählige Konstruktionen realisiert, die das Antlitz der römischen Welt nachhaltig veränderten und deren Spuren noch heute sichtbar sind.

Die römischen Straßen waren bereits vor Trajans Herrschaft von fundamentaler Bedeutung für das Reich, aber es war unter seiner Ägide, dass sie eine neue Dimension der Effizienz und des Einflusses erreichten. Eine schätzungsweise 80.000 Kilometer lange Netzstruktur verband die

Hauptstadt mit den entferntesten Provinzen. Diese Straßen dienten nicht nur militärischen Zwecken, zur schnellen Truppenverlagerung und Versorgung, sondern auch als Handelsrouten, die wirtschaftlichen Reichtum und kulturellen Austausch förderten. „Alle Wege führen nach Rom", so lautete ein berühmter Satz, der zur Zeit Trajans eine ganz neue Tragweite erlangte.

Ein herausragendes Beispiel von Trajans Straßenbau ist die Via Traiana, die eine bereits existierende Route von Benevent nach Brundisium verbesserte und verkürzte. Diese strategisch bedeutende Straße, die als Alternative zur älteren Via Appia fungierte, ermöglichte eine schnellere Verbindung zur Ostküste Italiens und war ein zentrales Element für den Handel mit Griechenland und dem Rest der orientalischen Welt. Der Historiker Cassius Dio berichtete in seiner „Römischen Geschichte": „Trajan vollendete die Straßen durch Italien, um sowohl den Handel zu fördern als auch die effiziente Verlegung seiner Truppen sicherzustellen." (Cassius Dio, Römische Geschichte, 68.7.3)

Doch Trajans Vision beschränkte sich nicht nur auf Italien. In der gesamten Provinzstruktur des Reiches hinterließ er bleibende Spuren, insbesondere in der Konzeption und dem Bau von Brücken. Eine seiner monumentalsten Leistungen war die Errichtung der Trajansbrücke über die Donau, die als das größte Brückenbauwerk der Antike gilt. Die Brücke war ein Werk des berühmten Architekten Apollodor von Damaskus, über den noch genauer in einem späteren Unterkapitel eingegangen wird. Mit einer Länge von über einem Kilometer und einer Höhe von bis zu 45 Metern über dem Flussbett war diese Brücke ein Meisterwerk an Ingenieurskunst, das eine dauerhafte und sichere Passage über den mächtigen Strom ermöglichte. „Die Brücke über die Donau war nicht nur ein Ausdruck imperialer Kühnheit, sondern auch ein Symbol der zivilisatorischen Mission Roms" (Plinius der Jüngere, Briefe, 10.98).

Durch die intensive Erschließung neuer und die Instandhaltung bestehender Straßen und Brücken demonstrierte Trajan nicht nur seine Bauleidenschaft, sondern auch seinen tiefen Sinn für strategisches Planen und Organisation. Diese Infrastrukturprojekte ermöglichten es, die administrative Kontrolle über weit entfernte Gebiete aufzuerhalten und die romanische Zivilisation über die Grenzen der Hauptstadt hinaus zu verbreiten. Der Aufbau dieser Netzwerke führte zu einer Stabilität und Kohäsion im römischen Territorium, und die nachhaltige Nutzbarkeit dieser Konstruktionen zeugt noch heute von der Weitsicht und Kompetenz Trajans als Bauherr.

Die Kombination aus strategischer Notwendigkeit und architektonischem Ehrgeiz führte Trajans Herrschaft zu einer Epoche materiellem und kulturellem Glanz, dessen Spuren sich tief ins Gedächtnis der Zivilisation eingeprägt haben. Straßen und Brücken wurden nicht nur zu einem Zeugnis der Größe des römischen Ingenieurwesens, sondern auch zu einem lebendigen Beweis des nachhaltigen Erbes dieses außerordentlichen Kaisers. Sie sind eine Ermahnung an das Vermächtnis, das Trajan hinterließ, und an den Humanismus, der seine Herrschaft prägte.

Aquädukte und Wasserversorgung: Fortschritt in der Stadtentwicklung

Der römische Kaiser Trajan, regierend von 98 bis 117 n. Chr., gilt als einer der großen Bauherren des antiken Roms. Während seiner Herrschaft erlebte das Römische Reich eine Blütezeit der Baukunst. Der Bau von Aquädukten und die Verbesserung der Wasserversorgung spielten dabei eine zentrale Rolle in der Stadtentwicklung und trugen maßgeblich zur Lebensqualität und zum Ansehen der römischen Metropolen bei. Die hydraulischen Projekte unter Trajans Ägide reflektierten sowohl die technische als auch die organisatorische Präzision, die das römische Reich auszeichnete.

Die Bedeutung der Wasserversorgung in der römischen Stadtplanung kann kaum überschätzt werden. „Aqua est vitae“ – Wasser ist Leben. Diese Maxime hatte für die antiken Römer eine fundamentale Bedeutung, und Trajan verstand die Notwendigkeit einer stabilen und effizienten Wasserversorgung als Basis städtischen Wohlstands und Machtanspruchs. Seine Baumaßnahmen in diesem Bereich spiegelten ein tiefliegendes Verständnis dafür wider, dass die Infrastruktur das Rückgrat jeder prosperierenden Gesellschaft bildet.

Eines der beeindruckendsten Projekte Trajans in Bezug auf die Wasserinfrastruktur war der Bau des Anio Novus, der zu den elf großen Aquädukten gehörte, die schließlich die Stadt Rom versorgten. Der Anio Novus, ursprünglich unter Kaiser Caligula begonnen und unter Claudius fertiggestellt, wurde unter Trajan umfassend renoviert und ausgebaut, um die stetig wachsende Nachfrage der Millionenmetropole zu bedienen. Mit einer Länge von über 87 Kilometern war der Anio Novus einer der längsten und wasserreichsten Aquädukte, die Rom jemals besaß.

Die technischen Herausforderungen beim Bau eines solchen Aquädukts waren immens. Roms Ingenieure, unter anderem unter der Leitung von Apollodor von Damaskus, einem der begabtesten Architekten seiner Zeit, bewältigten diese durch die Anwendung fortschrittlicher Techniken wie der Verwendung des „Opus caementicium", einer frühen Form von Beton, die eine haltbare und wasserdichte Konstruktion gewährleistete. Zusätzlich sorgte eine clevere Streckenführung mit Gefälleberechnung dafür, dass das Wasser über weite Entfernungen gleichmäßig in die Stadt strömte (Ferrill, 1986).

Die Verfügbarkeit von Wasser beeinflusste direkt die urbanen Strukturen, ermöglichend die Errichtung öffentlicher Bäder, Brunnen und thermischer Anlagen, die für die öffentliche Gesundheit und das soziale Leben Roms unerlässlich waren. Das monumentale Bauwerk des Trajanischen Therme, das später unter Caracalla und Diokletian weiterentwickelt wurde, bot den Bürgern Roms ein unvergleichliches Ambiente zur Erholung und sozialen Interaktion. Unzählige Quellen unterführten das Wasser elegant zu zielführenden Zwecken und reflektierten somit das Bild einer Stadt, die sich ihrer fortschrittlichen Technologie bewusst war.

Trajans Engagement für die Wasserversorgung zeigt sich ebenfalls in der Errichtung von Reservoirs und Ausgleichsbehältern, die sowohl in der Stadt Rom als auch in den Provinzen des Reichs gebaut wurden. Diese Maßnahmen waren entscheidend nicht nur für die Verteidigung gegen Belagerungszustände, bei denen eine Stadt auf ihre Wasserversorgung angewiesen war, sondern auch in der Landwirtschaft zur Sicherung ertragreicher Ernten.

Insgesamt symbolisierten Trajans Wasserversorgungsprojekte die Verschmelzung von Ingenieurskunst und imperialem Ehrgeiz. Entsprechend der Worte des Historikers Ammianus Marcellinus beschleunigten "die prächtigen Ströme, die das Herz des Reiches speisten, das Pulsieren einer Zivilisation, die keine Grenzen kannte" (Marcellinus, Buch XXII).

Indem Trajan den Bau von Aquädukten vorantrieb, schuf er nicht nur funktionale Infrastrukturen, sondern legte den Grundstein für das Fortbestehen einer urbanen Zivilisation, die Jahrhunderte überdauerte. Seine Errungenschaften in diesem Bereich spiegelten das Bestreben wider, Nachhaltigkeit und Fortschritt in die Blütezeiten des Empire einzugliedern und eine stadtdurchdringende Architektur zu erschaffen, die als Ausdruck des unübertroffenen römischen Ingenieursgeist lange in Erinnerung bleiben würde.

Militärische Architektur: Grenzen sichern

Die militärische Architektur unter Kaiser Trajan war Ausdruck strategischen Denkens und einer klaren Vision, den Einfluss und die Sicherheit des Römischen Reiches zu wahren und auszudehnen. Trajan erkannte früh die Bedeutung einer gut gesicherten Grenze und setzte auf eine effektive militärische Infrastruktur, um die Reiche zu konsolidieren und gegen äußere Bedrohungen zu schützen. Besonders prägnant tritt dies bei der Sicherung der neu eroberten Provinzen, insbesondere Dakiens, zutage. Diese Region, die nach Trajans erfolgreichem Feldzug in den Jahren 101 bis 106 n. Chr. unter römische Herrschaft geraten war, benötigte dringend eine gut ausgebaute Verteidigungslinie.

Ein elementarer Bestandteil der militärischen Sicherung war der sogenannte "Limes", eine Reihe von Befestigungsanlagen, die das Römische Reich entlang seiner Außengrenzen patrouillierten. Trajans Architekturpolitik übernahm jene Konzepte und verfeinerte sie. Er legte den Fokus auf die Integration natürlicher Gegebenheiten in die Verteidigungsplanung, wodurch Flüsse, Berge und andere natürliche Barrieren als zusätzliche Hindernisse für potentielle Eindringlinge genutzt wurden. Doch der Limes war mehr als nur ein militärisches Bauwerk; er fungierte zugleich als Grenzscheidung, als wirtschaftliches Tor und als Symbol römischer Macht und Autorität. Diese jahrhundertelange Grenze ermöglichte es Rom, seine Handelswege zu sichern und dabei einen kulturellen und wirtschaftlichen Austausch mit benachbarten Völkern zu pflegen.

Ein weiteres, bemerkenswertes Beispiel für Trajans militärische Architektur ist die Festung Alutanus an der Donau, die im Rahmen der Dakischen Kriege errichtet wurde. Diese Festungsanlage diente nicht nur dem Schutz der Grenze, sondern auch als Rückzugsort und Logistikzentrum für die römischen Truppen. Ihre Architektur verband Festigkeit mit Raffinesse: massive Mauern, Türme und komplexe Eingangssysteme machten eine feindliche Übernahme schwierig. Darüber hinaus waren der Bau solcher Fortifikationen auch logistische Meisterwerke, die den Transport von Truppen, Versorgungsgütern und Nachrichten erheblich erleichterten.

Bei der Planung und Errichtung dieser militärischen Anlagen arbeitete Trajan eng mit seinem Chefarchitekten Apollodor von Damaskus zusammen, der als einer der führenden Architekten seiner Zeit gilt. Apollodor brachte eine Reihe innovativer Baulösungen ein, die bedeutend zur

Effektivität der römischen Militärarchitektur unter Trajan beitrugen. Zu den hervorstechendsten Innovationen gehörte die Einführung der Flussflotte zur Unterstützung der römischen Legionen entlang der Donau. Diese Einheiten ermöglichten es, schnelle Truppenbewegungen und effektive Verteidigungsstrategien zu kombinieren und so die territoriale Kontrolle zu stärken.

Trajans Vision der Entwicklung militärischer Infrastruktur war nicht nur auf die Abwehr von Invasionen beschränkt, sondern auch auf eine nachhaltige Integration der eroberten Gebiete in das römische Imperium ausgerichtet. Durch die Errichtung und Verbesserung der Fortifikationssysteme ermöglichte er eine effektive Kontrolle und Verwaltung der neuen Provinzen. Dies schuf Voraussetzungen zur Verbreitung der römischen Kultur und Lebensweise in diesen Regionen, was letztendlich zur Stärkung der Loyalität der lokalen Bevölkerung beitrug und die Stabilität des Reiches förderte.

Letztlich bleibt festzuhalten, dass die militärische Architektur unter Trajan ein unverzichtbarer Pfeiler der römischen Machtprojektion war. Die von ihm initiierten Bauprojekte sorgten für jahrzehntelange Stabilität an den Grenzen und ermöglichten eine Konsolidierung selbst in relativ abgelegenen Provinzen. Somit demonstriert Trajans architektonisches Erbe nicht nur die militärische Stärke Roms, sondern auch die Baukunst und strategische Weitsicht, die das Reich im Laufe der Jahrhunderte erhalten und wachsen ließen.

Durch diese sorgfältigen und strategisch geplanten Anstrengungen festigte Kaiser Trajan nicht nur seine eigenen Herrschaftsansprüche, sondern legte den Grundstein für die Sicherheit des gesamten Römischen Imperiums über viele Generationen hinweg. Seine militärische Architektur bleibt somit ein bleibendes Zeichen seiner Weitsicht und seiner unerschütterlichen Hingabe zur Erhaltung und Expansion des römischen Territoriums.

Die Rolle des Apollodor von Damaskus

Apollodor von Damaskus gilt als einer der größten Architekten seiner Zeit und spielt eine herausragende Rolle in der Schaffung von Trajans architektonischem Erbe. Dieser bedeutende Architekt, dessen Arbeiten das antike Rom stark geprägt haben, war ein brillanter Ingenieur und Architekt. Seine Verbindung zu Kaiser Trajan war sowohl produktiv als auch inspirierend. Apollodors Werke sind ein Zeugnis nicht nur für seine technischen Fähigkeiten, sondern auch für sein Verständnis von Architektur als Ausdruck kaiserlicher Macht und Herrlichkeit.

Apollodor zeichnete sich nicht nur durch sein architektonisches Talent, sondern auch durch sein strategisches Denken aus. Er war ein Schlüsselfigur in der Entwicklung des Trajansforums, eines Meisterwerks des urbanen Designs, das als Symbol für die Macht und Herrschaft Trajans angesehen wurde. Sein Beitrag umfasste nicht nur das architektonische Design, sondern auch die Logistik und Organisation des riesigen Bauprojekts, das in seiner damaligen Größe beispiellos war. Seine Vision von einem opulenten, funktionalen und integrierten städtischen Raum spiegelte Trajans Ambitionen und den römischen Stolz wider.

Besondere Anerkennung verdient Apollodor für die Planung und den Bau der Trajanssäule. Dieses Monument, das Trajans Siege im Dakerkrieg feiert, ist nicht nur ein Beispiel für die damals revolutionäre Ingenieurskunst, sondern auch für die symbolische Bedeutung, die Architektur in der römischen Kultur einnahm. Die Säule ist bekannt für das spiralförmige Relief, das den Kriegszug auf beeindruckende Weise darstellt. Apollodor leitete dieses Projekt mit einem tiefen Verständnis für symbolische Darstellung und technische Präzision, und es bleibt eines der am meisten bewunderten Bauwerke der römischen Antike.

Neben seinen Arbeiten in Rom war Apollodor auch für seine Fähigkeit bekannt, praktische Infrastrukturprojekte zu entwerfen und umzusetzen, die den Reichtum und die Macht des Römischen Reichs demonstrierten. Sein Wissen in der Planung und im Bau von Brücken und Straßen ermöglichte es, das Reich effizienter zu verwalten und zu verteidigen. Beispiele hierfür sind die Brücken über die Donau, die Trajan mit strategischen Vorteilen im Dakerkrieg versahen. Quellen berichten, dass Apollodor diese Brücken mit zwei Ebenen des Verkehrs plante, eine für Fußgänger und eine für Wagen, was den effizienten Transport von Truppen und Versorgungsmitteln in das neu eroberte Gebiet erleichterte.

Längst nicht auf Protzen und Prunken bedacht, legten Apollodors Konstruktionen auch einen großen Wert auf praktische Anwendbarkeit und Effizienz, wie es im römischen Ingenieurwesen üblich war. Sein Wissen in Hydraulik und seinen Einfluss auf den Bau von Aquädukten verhalf darüber hinaus Städten zu einer besseren Wasserversorgung und trug somit zur Verbesserung der Lebensqualität und zur urbanen Entwicklung bei. Solche Infrastrukturprojekte bekräftigten den römischen Anspruch auf technische Überlegenheit und wirtschaftlichen Wohlstand.

Trotz seines Ruhmes erlitt Apollodor letztendlich ein tragisches Schicksal. Historische Berichte überliefern, dass er in einen Konflikt mit Trajans Nachfolger, Kaiser Hadrian, geriet, was schließlich zu seiner Verbannung und möglicherweise zu seinem Tod führte. Laut Cassius Dio kritisierte Apollodor die architektonischen Pläne Hadrians, was als unklug galt, da er die Eitelkeit des Kaisers verletzte. Dieses Schicksal deutet auf die Gefährdungen hin, denen selbst hochbegabte und geschätzte Köpfe unter den Launen des kaiserlichen Hofes ausgesetzt waren.

Insgesamt bleibt Apollodor von Damaskus ein leuchtendes Beispiel für die Fähigkeit der Kunst und Architektur, politisch-strategisches Denken und ästhetische Exzellenz zu vereinen. Seine Arbeiten für Kaiser Trajan zeigen, wie Architektur als Instrument genutzt wurde, um Macht zu zeigen, gleichzeitig aber auch die Lebensqualität durch überlegte und innovative städtische Gestaltung zu verbessern. Apollodor hat nicht nur die Architektur seiner Zeit geprägt, sondern hinterließ auch ein Vermächtnis, das die römische Kultur dauerhaft bereicherte.

Vergleich mit anderen römischen Bauherren

Im kulturell und historisch geprägten Reich der Römer nahm die Architektur einen besonderen Platz als Ausdruck politischer Stärke und kaiserlicher Größenordnung ein. In diesem Kontext war Trajan zweifelsohne eine herausragende Gestalt, dessen Bauprojekte das Stadtbild Roms wie auch das der Provinzen geprägt haben. Doch wie steht er im Vergleich zu anderen römischen Bauherren und Kaisern, die vor und nach ihm regierten? Diese Untersuchung verdient eine eingehende Betrachtung, um die Nuancen und unterschiedlichen Schwerpunkte der baulichen Tätigkeiten verschiedener römischer Herrscher zu verstehen.

Bereits vor Trajan hatten Kaiser wie Augustus und Nero ambitionierte Bauvorhaben initiiert. Augustus, der erste römische Kaiser, prägte das architektonische Antlitz der Stadt Rom nachhaltig. Mit dem berühmten Ausspruch „Ich fand eine Stadt aus Ziegeln vor und hinterlasse eine Stadt aus Marmor" („Urbem lateritiam accepi, marmoream relinquo") beschrieb Augustus seine Errungenschaften. Besonders bemerkenswert war der Bau des Augustusforums mit dem Mars-Ultor-Tempel, das sowohl als repräsentative Kultstätte als auch als politisches Machtzentrum diente (Zanker, P., The Power of Images in the Age of Augustus). Augustus verfolgte durch seine Baupolitik das Ziel, die politische und militärische Macht Roms sowohl symbolisch als auch physisch zu manifestieren.

Nero hingegen, ein Kaiser, dessen Regierung von Exzessen und wenig populären Maßnahmen geprägt war, hinterließ mit dem Goldenen Haus (Domus Aurea) einen monumentalen Palastkomplex, der seine Verschwendungssucht und seinen Hang zu Prunk deutlich machte (Ball, L.F., The Domus Aurea and the Roman Architectural Revolution). Diese Megastruktur bezeugte weniger seine bürgerliche Verantwortung, sondern vielmehr sein persönliches Streben nach Pracht und Luxus, was von seinen Nachfolgern jedoch schnell rückgängig gemacht wurde.

Im Vergleich dazu weisen Trajans Bauvorhaben, wie in den anderen Unterkapiteln detailliert beschrieben, eine tiefgreifendere Verbindung zu funktionalen und öffentlichen Zwecken auf. Seine Projekte umfassten sowohl das prachtvolle

Trajansforum als auch das praktische Ingenieurswerk von Straßen, Brücken und Aquädukten, was seine Doppelfunktion als militärischer Kommandant und zivilisatorischer Verwalter widerspiegelte. Besonders hervorzuheben ist die Zusammenarbeit mit dem bedeutenden Architekten Apollodor von Damaskus, die zu harmonischer und dauerhaft bedeutender Stadtentwicklung führte. Im Gegensatz zu Neros exzessivem Prunk eröffnete Trajan mit seinen Bauten der Bevölkerung neue Räume des öffentlichen Lebens und der politischen Interaktion.

Nach Trajan trat Kaiser Hadrian das Erbe seines kaiserlichen Vorgängers an und verfeinerte die Römische Architektur mit einem Hauch griechischer Ästhetik. Bekannte Bauwerke wie die Villa Adriana und der Pantheon-Umbau spiegeln seine Affinität zu klassizistischen Formaten wider, die Elemente aus verschiedenen Kulturen verbanden. Hadrians Augenmerk galt weniger symbolischen Machtdemonstrationen als vielmehr persönlichen Interessen und kultureller Vielseitigkeit (Boatwright, M.T., Hadrian and the Cities of the Roman Empire).

Der Vergleich zeigt, dass jeder Kaiser seine eigene Auslegung architektonischer Ambitionen mitbrachte, die von persönlichen Neigungen, politischem Kalkül und den Bedürfnissen der Zeit geprägt waren. Trajans Bau- und Stadtplanungsprojekte sind insbesondere deshalb bedeutend, weil sie den öffentlichen Wohlstand und die Infrastruktur förderten, was ihm in historischer Perspektive gleichzeitig die Rolle eines progressiven und weitsichtigen Herrschers einbrachte. Seine Bauwerke waren nicht nur Prägestempel des Kronsymbols, sondern auch Zeugnisse einer weitsichtigen und dynamischen Staatsführung, die durch strategische architektonische Investitionen die Grundlage für ein funktionierendes urbanes Leben legte.

Trajan und die Provinzen: Integration und Verwaltung

Trajans Verwaltungsreformen: Effizienz und Kontrolle

Das eindrucksvolle Reich, das Trajan verwaltete, verdankte seinen Erfolg nicht nur der militärischen Stärke und territorialen Ausdehnung, sondern auch der effizienten und oft innovativen Verwaltungspolitik, die der Kaiser einführte. Innerhalb dieses politischen Rahmens ergriff Trajan eine Reihe von Reformen, die sowohl die Zentralität Roms als auch die Eigenständigkeit der Provinzen stärkte, und aus heutiger Sicht einen bemerkenswert modernen Ansatz zur Reichsverwaltung darstellten, indem sie Effizienz und Kontrolle in Einklang brachten.

Einer der zentralen Aspekte von Trajans Reformen war die Einführung eines rigorosen Systems zur Beaufsichtigung und Kontrolle der Provinzen, das sich einerseits auf die Zentralbürokratie und andererseits auf die lokalen Regierungsstrukturen stützte. Der Kaiser förderte die Durchsetzung eines standardisierten Verwaltungssystems, das sowohl die Kommunikation als auch die

Entscheidungsfindung beschleunigen sollte. Trevor D. Williams beschreibt in seinem Werk „Empire Management in Ancient Rome" intensiv, wie Trajan es erfolgreich schaffte, ein effektives Informationsnetzwerk aufzubauen, das auf Berichten und Überprüfungen basierte, die wiederum regelmäßige Rückmeldungen an Rom garantierten.

Ein wesentliches Element von Trajans Verwaltungsstrategie war die Rolle der Gouverneure, die als direkte Vertreter des Kaisers in den Provinzen fungierten. Diese Funktionäre waren verantwortlich für die Steuererhebung, die Rechtspflege und die Aufrechterhaltung der öffentlichen Ordnung und Frieden. Trajan reformierte das Auswahlverfahren für diese Posten, indem er sicherstellte, dass sie nicht nur militärische Kompetenzen, sondern auch administrative Fähigkeiten besaßen. Diese Auswahl sorgte für eine ausgewogene Kombination von Autorität und Verwaltungsfähigkeit, was letztendlich dazu beitrug, die Loyalität sowohl der römischen als auch der provinziellen Eliten zu sichern.

Ein weiterer Aspekt von Trajans Verwaltungspolitik war die Reform der Finanzverwaltung in den Provinzen. Die von ihm eingeführten Maßnahmen zielten darauf ab, die Steuereinnahmen zu maximieren und Finanzmittel effizient zu verteilen. Interessanterweise führte Trajan eine Collatio Lustralis ein – eine Gewerbesteuer, die die wirtschaftlichen Aktivitäten im ganzen Reich regulierte. Der Historiker Duncan Mackay hält in „Fiscal Innovation in the Roman Empire" fest, dass dieses System nicht nur zusätzliche Mittel für das kaiserliche Budget bereitstellte, sondern auch den wirtschaftlichen Output der Provinzen verstärkte, indem es die kommerzielle Tätigkeit stimulierte.

Trajan war sich dessen bewusst, dass effiziente Verwaltungstechniken allein nicht ausreichten, um die Provinzen zu binden. Deshalb verfolgte er eine Politik der strategischen Kooperation und Mitbestimmung, bei der lokale Eliten in die Verwaltungsstrukturen einbezogen wurden. Solch eine Einbindung lokaler Führer förderte nicht nur die Stabilität, sondern auch das Gefühl einer gemeinsamen Identität innerhalb eines multi-ethnischen Imperiums. Die Schaffung eines kohärenten, jedoch flexiblen Verwaltungssystems, das lokale Traditionen respektierte und die Beteiligung der regionalen Autoritäten sicherte, trug entscheidend zu Trajans erfolgreicher Integration der verschiedenen Bevölkerungsgruppen des Reiches bei.

Zusammenfassend lässt sich feststellen, dass Trajans Verwaltungsreformen eine bemerkenswerte Synthese aus römischer Zentralisierung und Provinzialautonomie darstellten. Durch die Installation eines engmaschigen Netzwerks fähiger Gouverneure, die Schaffung eines effizienten Steuersystems und die Einbindung lokaler Eliten legte Trajan den Grundstein für eine stabile und prosperierende Herrschaft, die als entscheidendes Modell für die nachfolgenden Kaiser diente. Diese hingebungsvolle Balance zwischen Flexibilität und Kontrolle half nicht nur, das Römische Reich geordnet zu halten, sondern definierte auch den Governance-Standard für zukünftige Generationen.

Ausbau der städtischen Infrastruktur: Städte als Zentren der Romanisierung

Unter der Herrschaft von Kaiser Trajan erlebte das Römische Reich eine Phase intensiver Bautätigkeit, die nicht zuletzt darauf abzielte, die städtische Infrastruktur der Provinzen nachhaltig zu beeinflussen und die Romanisierung zu fördern. Die Bedeutung von Städten als Zentren der römischen Zivilisation kann nicht unterschätzt werden. Sie fungierten nicht nur als administrative und wirtschaftliche Knotenpunkte, sondern spielten auch eine zentrale Rolle bei der Vermittlung römischer Kultur und Lebensweise.

Trajans Maßnahmen zur Verstärkung der städtischen Infrastruktur waren integraler Bestandteil seiner Politik zur Integration der verschiedenen Provinzen in das römische Imperium. Die Entwicklung urbaner Zentren war lange Zeit ein Mittel, um römischen Einfluss über die Grenzen Italiens hinaus auszudehnen. Autor Hans-Joachim Gehrke beschreibt in seinem Werk die Urbanisierung als „das wirksamste Instrument der Romanisierung" (Gehrke, 1990), ein Konzept, das unter Trajan in bislang ungekanntem Maße zum Tragen kommen sollte.

Zu den bekanntesten Errungenschaften zählen die zahlreichen neuen Kolonien und Städte, die Trajan in den neu eroberten Gebieten gründete, darunter vor allem in Dacien. Auf Ruinen ehemaliger Siedlungen erblühten neue, nach römischen Maßstäben ausgerichtete Städte, ausgestattet mit allen Attributen einer zivilisierten römischen Lebensweise: Tempel, Thermen, Foren und Theatern. Diese Neubauten dienten nicht nur der Bequemlichkeit und Kontrolle, sondern auch als sichtbare Symbole römischer Macht und Kultur.

Ein zentrales Element Trajans städtischer Politik war die Erneuerung und der Ausbau der Wasserversorgung und der Abwassersysteme. In einer Vielzahl von Städten wurden neue Aquädukte errichtet, um frisches Wasser in die Zentren zu leiten. Dies förderte nicht nur die öffentliche Gesundheit, sondern trug auch wesentlich zur Lebensqualität bei, ein Aspekt, der essenziell für die Festigung von Loyalität und Akzeptanz der römischen Herrschaft war. Die Inschrift auf dem berühmten Aquädukt von Segovia, welche die Leistungen Trajans preist, ist ein Zeugnis dieser nachhaltigen Verbesserungen.

Ein weiteres Merkmal von Trajans Investitionen war die Errichtung von öffentlichen Bauten wie Basiliken und Märkten, die nicht nur für wirtschaftliche Zwecke genutzt wurden, sondern auch als soziale Treffpunkte dienten. Sie wurden bevorzugt im Herzen der Städte errichtet und trugen zur Schaffung einer römisch geprägten städtischen Identität bei. Solche Projekte fanden überall in den Provinzen statt und zeugen von der Breite der Entwicklung, die unter Trajans Ägide möglich wurde. Die Archäologin Penelope Davies hebt hervor, dass diese Gebäude „als Zentren des öffentlichen Lebens fungierten und halfen, das Konzept der gemeinsamen römischen Bürgerschaft zu verankern" (Davies, 2017).

Abschließend ist zu vermerken, dass die städtische Infrastruktur unter Trajan nicht nur eine technische Verbesserung war, sondern ein Instrument der Politik und Kultur, das die Romanisierung in den Provinzen entscheidend vorantrieb. Durch die konsequente Implementierung von römischen Stadtstrukturen und -einrichtungen gelang es, einen kulturellen Transformationsprozess in Gang zu setzen, der maßgeblich zur Stabilität und Einheit des römischen Reiches beitrug. Dieses Zusammenspiel von Architektur und Politik führte zur Ausbildung eines Geflechts aus städtischen Zentren, die das Reich nicht nur geographisch, sondern auch kulturell zusammenhielten.

Der Einfluss der lokalen Eliten: Kooperation und Konflikte

Die Rolle der lokalen Eliten in den römischen Provinzen war von entscheidender Bedeutung für die Verwaltung und den langfristigen Erhalt der kaiserlichen Macht. Einerseits fungierten diese Eliten als Vermittler zwischen der einheimischen Bevölkerung und der römischen Administration, andererseits waren sie oft auch Verfechter lokaler Interessen, die mit den römischen Zielen in Konflikt geraten konnten. Unter Kaiser Trajan spielte die Geschicklichkeit im Umgang mit diesen lokalen Führungspersönlichkeiten eine entscheidende Rolle bei der effektiven Integration neuer Gebiete und der Sicherung bestehender Provinzen.

Die Verwaltung der Provinzen war eine komplexe Aufgabe, die ein tiefes Verständnis der lokalen politischen Strukturen erforderte. Die lokalen Eliten - oft bestehend aus adeligen Familien, hohen Priestern oder einflussreichen Großgrundbesitzern - bildeten in vielen Fällen das Rückgrat der provinziellen Gesellschaften. Sie besaßen nicht nur wirtschaftliche Macht, sondern waren auch kulturelle Führungsfiguren. Für Trajan, der darauf bedacht war, Rom als die zentrale Macht zu festigen, war es entscheidend, mit diesen Eliten eine produktive Zusammenarbeit zu entwickeln.

Die Zusammenarbeit zwischen dem römischen Staat und den lokalen Machthabern basierte häufig auf einer Form von symbiotischer Beziehung. Rom bot Schutz, Infrastrukturentwicklung und politische Stabilität, während die Eliten im Gegenzug die Erwartungen hinsichtlich Loyalität und lokaler Ordnung erfüllten. Cicero, der bereits in der späten Republik die Bedeutung dieser Schicht erkannt hatte, schrieb: „Es ist der Adel, den wir binden müssen, um ihre

Zuneigung zu gewinnen und von ihrer Führung Gebrauch zu machen" (Cicero, Briefe an Atticus, Buch V).

Dennoch war das Verhältnis zwischen den lokalen Eliten und Rom nicht frei von Spannungen. Lokale Führer fühlten sich in manchen Fällen von den römischen Gesetzen und Verwaltungsrichtungen in ihrer Macht eingeschränkt oder bedroht. Besonders in den neu eroberten Gebieten kam es zu Widerständen, wenn die kulturellen Eigenheiten oder wirtschaftlichen Interessen nicht gebührend berücksichtigt wurden. Ein bemerkenswertes Beispiel für solche Konflikte bot Dacia nach Trajans Eroberung. Der Historiker Cassius Dio berichtet von verschiedenen Aufständen und Unruhen, die zurückzuführen waren auf „jene führenden Männer, die ihre alte Vorherrschaft nicht verlieren wollten" (Dio, Römische Geschichte, Buch LXVIII).

Um diese Spannungen zu mildern, setzte Trajan auf eine Politik der Inklusion und des Respekts. Ein bedeutender Schritt war die gezielte Einbindung lokaler Eliten in die administrative Struktur der Provinzen, etwa durch die Verleihung römischer Staatsbürgerrechte oder durch die Ernennung zu lokalen Amtsträgern. Diese integrative Strategie verhalf der römischen Verwaltung zu einer reibungsloseren Implementierung ihrer politischen Maßnahmen und hinderte zugleich die Herausbildung oppositioneller Bewegungen.

Trajan war bekannt für seine pragmatische Herangehensweise und seine Fähigkeit, das römische Gesetz an die vorherrschenden lokalen Gepflogenheiten anzupassen. Diese Flexibilität zeigte sich auch in wirtschaftlicher Hinsicht, indem lokale Interessen unterstützt wurden, die die Gesamtproduktivität und Wohlstand der Provinzen steigerten. Dies wird eindrucksvoll durch Plinius den Jüngeren illustriert, der in einem Brief an Trajan betonte, dass „die Partner außerhalb Roms keine bloßen Untertanen, sondern wertvolle Alliierten im Geiste sein sollen" (Plinius d. J., Briefe, Buch X).

Zusammenfassend lässt sich sagen, dass Trajans Umgang mit den lokalen Eliten der Provinzen zum klingenden Erfolg seiner Herrschaft beitrug. Indem er Kooperation förderte und Konflikte minimierte, konnte er die römische Macht aufrechterhalten und die Provinzen nachhaltig in das Imperium integrieren. Trajans Fähigkeit, die Balance zwischen römischem Zentralismus und lokaler Autonomie zu bewahren, diente als Modell für nachfolgende Herrscher und trug maßgeblich zu dem fortwährenden Bestand des römischen Reiches bei.

Gesetzgebung und Recht: Trajans Umgang mit bestehenden Rechtsstrukturen

Während der Herrschaft von Kaiser Trajan (98-117 n. Chr.) sah sich das Römische Reich mit der Herausforderung konfrontiert, ein riesiges Gebiet, das sich über den europäischen, afrikanischen und asiatischen Kontinent erstreckte, rechtlich zu integrieren. Die Verwaltung eines so weitläufigen Reiches erforderte eine kluge Gesetzgebung, die sowohl die zentralen römischen Prinzipien widerspiegelte als auch die Eigenheiten der verschiedenen Kulturen und Gesellschaften respektierte.

Trajans Ansatz in der Gesetzgebung war durch eine pragmatische Perspektive geprägt. Er erkannte die Notwendigkeit, bestehende lokale Rechtsstrukturen zu respektieren, während er zugleich darauf bestand, die römische Rechtsordnung als übergeordnete Instanz zu etablieren. Diese Dualität erlaubte es den Provinzen, ihre traditionellen rechtlichen und sozialen Praktiken weitgehend beizubehalten, vorausgesetzt, sie widersprachen nicht den grundlegenden Prinzipien des römischen Rechts. Diese Toleranz trug erheblich zur Stabilität und zur rascheren Integration der Provinzen bei.

Ein bemerkenswertes Beispiel für Trajans fein abgestimmte Gesetzgebung ist sein Umgang mit den Stadtgesetzen der griechischen Poleis und den Rechtsbräuchen der östlichen

Provinzen. Die Juristen unter seiner Herrschaft waren bemüht, eine Vereinbarkeit zwischen dem römischen Recht und den hellenistischen Traditionen herzustellen. Trajan selbst äußerte öfter, dass "die Gerechtigkeit am besten gedeiht, wenn sie auf Verständnis und nicht auf Zwang beruht" (Cassius Dio, 68.1.4).

Elementar für Trajans Methodik war auch die Stärkung der Rolle des "iuris prudentes", der römischen Rechtsgelehrten, die nicht nur für die Aufrechterhaltung der Rechtsordnung zuständig waren, sondern auch für deren Anpassung an spezifische regionale Gegebenheiten. Diese Gelehrten halfen, die römischen Rechtsprinzipien so zu interpretieren, dass sie sich nahtlos in bestehende lokale Systeme einfügen konnten. Durch die Förderung der iuris prudentia - der juristischen Klugheit - konnte das Rechtssystem flexibler und anpassungsfähiger gestaltet werden.

Die rechtliche Integration wurde ferner durch die systematische Kategorisierung der Rechtssubjekte nach ihrem Status erleichtert, wobei der römische Bürger als dominanter Status beibehalten wurde. Die Ko-existenz von Bürger- und Nichtbürgerrechten war komplex, führte jedoch unter Trajan zur Einführung von Instrumenten wie dem "ius Latii", welches Einwohnern bestimmter Gebiete gewisse Rechte römischer Bürger gewährte, ohne ihnen volle Bürgerschaft zu verleihen.

Ein weiteres bedeutendes Instrument war das Ediktensystem, welches es Trajan ermöglichte, direkt mit den Provinzgouverneuren zu kommunizieren und auf spezielle rechtliche Herausforderungen flexibel zu reagieren. Trajan schätzte diese direkte Kommunikation als essentiell zur Vermeidung von Fehlinterpretationen und Korruption innerhalb der Verwaltung. "Die wahren Säulen des Reiches sind nicht Soldaten, sondern gerechte Gesetze, die von aufrichtigen Männern ausgeführt werden" (Plinius der Jüngere, Briefe X.96).

Mit Trajans innovativer Herangehensweise an die Gesetzgebung und sein emsiges Bestreben, ein Gleichgewicht zwischen Einheit und lokaler Autonomie zu finden, legte er den Grundstein für eine nachhaltige und effektive Verwaltung der Provinzen. Diese Flexibilität und das Bestreben nach Gerechtigkeit trugen wesentlich zu seiner Popularität sowohl bei den römischen Bürgern als auch bei den Bewohnern der Provinzen bei.

Militärpräsenz und Grenzsicherung: Schutz der Provinzen

Im Zuge seiner ehrgeizigen Erweiterungspolitik legte Kaiser Trajan einen besonderen Schwerpunkt auf die Aufrechterhaltung der Sicherheit und Stabilität in den römischen Provinzen. Die Militärpräsenz in den Grenzregionen bildete eine der zentralen Säulen seiner Verwaltungspolitik. Die permanente Stationierung von Truppen entlang der Grenzen diente nicht nur dem Schutz vor externen Bedrohungen, sondern war auch ein strategisches Instrument zur Sicherung der inneren Stabilität und Ordnung innerhalb der Provinzen.

Trajans Herrschaft fiel in eine Zeit, in der das Römische Reich seine größte territoriale Ausdehnung erreichte. Die Herausforderungen einer solch weitreichenden Expansion waren vielfältig, und die effiziente Verwaltung der neu eroberten Gebiete hing stark von einer robusten militärischen Infrastruktur ab. Die Legionslager, die in den Provinzen angelegt wurden, waren nicht nur militärische Einrichtungen, sondern fungierten auch als lokale Machtzentren, die strategisch wichtige Standorte abdeckten. Diese Lager wurden oft in der Nähe von Flüssen oder an großen Handelswegen errichtet, um die Mobilität der Truppen zu erleichtern und die Kommunikation zu optimieren.

Der Historiker Cassius Dio beschreibt Trajan als einen Herrscher, der seine Kriege nicht aus bloßem Ehrgeiz oder zur Vergrößerung seiner Macht führte, sondern aus der Überzeugung, dass die Stabilität des Reiches von einem sicheren und durchsetzungsfähigen Militärapparat abhing (Dio, Historia Romana, LXVIII.29). Die strategische Verteilung der Legionen und die Errichtung von Kastellen und Festungsstädten bildeten eine wichtige Grundlage für die Sicherung der Provinzgrenzen, vor allem in den umkämpften Regionen an der Donau und im Osten gegen die Parther.

Ein bemerkenswertes Beispiel für Trajans Engagement im Bereich der Grenzsicherung war die Integration der berühmten "limes" – komplexe Grenzbefestigungsanlagen, die oft mit Wachtürmen, Mauern und Befestigungsgräben ausgestattet waren. Diese Anlagen dienten nicht nur der Abwehr potentieller Eindringlinge, sondern ermöglichten es auch, den Waren- und Personenfluss zu kontrollieren und bei Bedarf Militäreinheiten schnell zu verlegen. Der Alpenlimes, der gegen die germanischen Stämme errichtet wurde, illustriert Trajans pragmatische Herangehensweise an die imperiale Sicherheit.

Ein weiterer Aspekt der militärischen Verwaltung unter Trajan war die enge Verzahnung zwischen militärischen und zivilen Strukturen. Die Stationierung römischer Truppen hatte oftmals positive Auswirkungen auf die lokale Wirtschaft, da sie den Handel förderten und für einen ständigen Bedarf an Waren und Dienstleistungen sorgten, was wiederum zur Romanisierung der Gebiete beitrug. Das Militär diente als Katalysator für den kulturellen Austausch und die Integration neuer Völker in das römische Herrschaftssystem.

Letztlich war Trajans Politik der militärischen Präsenz und Grenzsicherung zentral für die konsistente Durchsetzung römischer Macht und für die Stabilität der Provinzen in seiner Zeit. Das Vermächtnis dieser Maßnahmen ist sogar in den modernen Studien der römischen Militärarchäologie deutlich sichtbar, wo die dauerhafte Wirkung der von Trajan etablierten Netzwerke noch heute erkannt wird. So bleibt Trajan ein Paradebeispiel für die Integration von Militärverwaltung als unverzichtbaren Teil seiner umfassenden Regierungspolitik.

Wirtschaftliche Integration: Handel und Ressourcenmanagement

Unter der Herrschaft Kaiser Trajans, die von 98 bis 117 n. Chr. dauerte, erlebte das Römische Reich eine Ära bemerkenswerter wirtschaftlicher Integration. Trajan, dessen erfolgreiche Eroberungen zur Erweiterung der Reichsgrenzen führten, legte besonderen Wert auf die Entwicklung und Integration der neu gewonnenen Provinzen in das wirtschaftliche Gefüge des Imperiums. Dabei spielten Handel und Ressourcenmanagement eine zentrale Rolle.

Der Intraregionale Handel zwischen den Provinzen Italiens, Hispaniens, des gallischen Raums sowie der östlichen Provinzen florierte unter Trajans gerechter und effizienter Verwaltungspolitik. Ein entscheidender Faktor für diesen blühenden Handel war das umfangreiche Verkehrsnetz, das von Trajan ausgebaut wurde. Die strategische Bedeutung der neu errichteten Via Traiana, die den Zugang zu den süditalienischen Städten erleichterte, darf in diesem Zusammenhang nicht unterschätzt werden. Sie erhöhte nicht nur die Mobilität römischer Truppen, sondern auch den Fluss von Waren und Dienstleistungen, was zur wirtschaftlichen Konsolidierung des Reiches beitrug.

Zentral für die Integration der Provinzen war auch der geregelte Zugang zu natürlichen Ressourcen. Ein Beispiel für Trajans effizientes Management findet sich in der Provinz Dacia, die nach den Dakerkriegen eine wertvolle Einnahmequelle für das Reich wurde. Die reichen Gold- und Silbervorkommen dieser Region wurden unter staatlicher Aufsicht intensiv ausgebeutet, was zum Wohlstand Roms beitrug. Historiker berichten, dass das Gold aus den dakischen Minen zur Finanzierung zahlreicher Großprojekte Roms verwendet wurde, darunter der Bau des Trajansforums selbst.

Der Ad-hoc-Handel wuchs auch dank neuer yachtartiger Verbindungen zu einer Vielzahl von Küstenprovinzen enorm. Ein Beispiel hierfür ist der Hafen von Ostia, der unter Trajans Aufsicht weiterentwickelt wurde. Der Handel über das Mittelmeer blühte, da Getreide aus Ägypten, Öl aus Hispania und Vorräte aus dem Osten nach Rom transportiert wurden. Dank der verbesserten Hafeninfrastruktur konnten diese Güter effizient umgeschlagen und ins Kernland weitergeleitet werden.

Neben dem physischen und logistischen Ausbau sorgten Trajans Reformen im rechtlichen Rahmen für eine Stabilisierung der Handelspraktiken. Durch die Einführung klarer und verbindlicher Handelsvorschriften, die vor allem im ediktalen Rechtssystem verankert waren, schuf Trajan Rechtssicherheit für Händler und Geschäftsleute im gesamten Reich. Der römische Jurist Plinius der Jüngere lobt in einem seiner Briefe diese Maßnahmen als eine der größten Wohltaten während Trajans Regentschaft, was von seinem Weitblick und seiner administrativen Geschicklichkeit zeugt.

Während Trajan die wirtschaftliche Integration förderte, störte er jedoch die traditionellen gesellschaftlichen Strukturen und Handelspraktiken nicht grundlegend. Vielmehr respektierte er die lokalen Traditionen und integrierte sie geschickt in das römische Handelsnetzwerk. Ein Beispiel findet sich in den Provinzen Syrien und Ägypten, wo die bestehenden Handelsnetzwerke nicht zerstört, sondern durch die Einführung neuer administrativer Strukturen gestärkt wurden. Solche politisch klugen Handlungen trugen maßgeblich zur Stabilisierung und zum Erhalt des Friedens in den neuen Provinzen bei.

Insgesamt symbolisiert die wirtschaftliche Integrationspolitik Trajans die Vision eines vereinten und koordinierten Reiches, das auf Grundlage eines gemeinsamen ökonomischen Interesses wohlhabend und stabil regiert wurde. Die unter seiner Herrschaft erlangten Erfolge im Bereich des Handels und des Ressourcenmanagements setzten Maßstäbe für künftige römische Kaiser und stärkten das römische Wirtschaftssystem, dessen Grundzüge den Reichtum und die Macht Roms für Jahrhunderte zementierten.

Religiöse und kulturelle Politik: Anpassung und Toleranz

Der römische Kaiser Trajan, der von 98 bis 117 n. Chr. regierte, ist nicht nur für seine militärischen Expansionen und seine spektakulären Bauprojekte bekannt, sondern auch für seine hervorstechende Fähigkeit, das riesige und vielfältige Römische Reich zu verwalten. Ein wesentlicher Aspekt seiner Verwaltungspolitik war der Umgang mit den vielfältigen religiösen und kulturellen Identitäten innerhalb der Provinzen. Trajans Politik zeichnete sich durch bemerkenswerte Toleranz und Anpassungsfähigkeit aus, die dazu beitrug, die Einheit und Stabilität des Reiches zu sichern.

Die religiöse und kulturelle Vielfalt des Römischen Reiches war immens. Überall in den Provinzen fanden sich lokale Bräuche, Kulte und Traditionen, die tief in der Geschichte und den gesellschaftlichen Strukturen der jeweiligen Regionen verwurzelt waren. Trajan erkannte, dass eine erfolgreiche Verwaltung nicht auf Zwang und strikte Assimilation beruhen konnte, sondern vielmehr auf einer Politik der Toleranz und Integration. Seine Strategie wurde im Einklang mit den Worten des römischen Historikers Cassius

Dio formuliert: "Es ist besser, mit Weisheit als mit Gewalt zu herrschen" (Cassius Dio, Römische Geschichte, 68.2).

In vielerlei Hinsicht erlaubte Trajan den Provinzen, ihre religiösen Praktiken beizubehalten, solange sie keine Bedrohung für den sozialen Frieden und die kaiserliche Autorität darstellten. Diese verordnete Toleranz förderte nicht nur den inneren Frieden, sondern stärkte auch die Loyalität der Provinzen gegenüber dem Kaiserreich. So können wir Beispiele wie die Duldung der ägyptischen Kulte, einschließlich des bedeutenden Isis-Kultes, sowie der verschiedenen orientalischen Traditionen anführen, die trotz ihrer Andersartigkeit nicht nur überlebten, sondern oft auch in den römischen Pantheon integriert wurden.

Ein weiteres bemerkenswertes Merkmal von Trajans religiöser Politik war seine zurückhaltende Herangehensweise an die Christen, die zu seiner Zeit eine aufstrebende, aber noch relativ kleine Minderheit waren. Der berühmte Briefwechsel zwischen Plinius dem Jüngeren, der als Statthalter in Bithynien und Pontus diente, und Trajan bietet Einblicke in den pragmatischen und toleranten Ansatz des Kaisers gegenüber dem frühen Christentum. Trajan betonte, dass Christen, solange sie sich nicht aktiv gegen das Reich wandten, nicht systematisch verfolgt werden sollten. Diese anpassungsfähige Haltung kann als frühes Beispiel für religiöse Toleranz bezeichnet werden, wie sie in den berühmten Trajansbriefen dokumentiert ist: "Die Christen sollen nicht wegen ihrer Überzeugungen, sondern nur wegen gesetzeswidrigen Verhaltens angeklagt und verurteilt werden" (Plinius, Briefe, Buch 10, Brief 97).

In kultureller Hinsicht förderte Trajan die Romanisierung der Provinzen durch den Bau großer öffentlicher Werke, die nicht nur funktionale, sondern auch symbolische Zwecke erfüllten. Diese Projekte, vom Bau von Straßen und Brücken bis hin zu den berühmten Bädern und Theatern, dienten dazu, die römische Kultur zu verbreiten und gleichzeitig die Integration der lokalen Kulturen zu fördern. Dabei ließ Trajan Raum für ein kulturelles Miteinander, das weder die bodenständige Kultur unterdrückte noch die römischen Ideale kompromittierte. Nach einer Inschrift des Historikers Cornelius Tacitus war Trajan "der Erneuerer der Sitten und der Erbauer neuer Städte" (Tacitus, Annalen, 3.76).

Eine bedeutende Methode, mit der Trajan die kulturelle Integration förderte, war die Unterstützung der lokalen Eliten. Diese erhielten oft römisches Bürgerrecht und wurden in Verwaltungsaufgaben eingebunden, was sie direkt an die römische Herrschaft band und gleichzeitig die römische Kultur in die lokalen Gesellschaftsstrukturen einfließen ließ. Der Kaiser verstand, dass die Zusammenarbeit mit diesen Eliten essenziell für die Provinzverwaltung war und förderte sie gemäß den Idealen von Pax Romana – der römischen Friedens- und Ordnungsvorstellung. Ein Beispiel hierfür ist die römische Expansion auf der iberischen Halbinsel, wo Trajan durch die Einbeziehung der hispanischen Eliten die Region fest in das römische Gefüge integrierte.

Zusammenfassend lässt sich sagen, dass Trajans Politik der Anpassung und Toleranz gegenüber religiösen und kulturellen Eigenheiten der Provinzen ein bedeutender Faktor für die Langlebigkeit und Stabilität des Römischen Reiches war. Seine flexible und integrative Herangehensweise erlaubte es, regionale Unterschiede in ein kohärentes Imperium zu überführen, das nicht nur die römischen Ideale, sondern auch eine bemerkenswerte kulturelle Vielfalt unter einem zentralisierten System vereinte. Diese Politik der Weisheit und Toleranz trug erheblich zu Trajans Vermächtnis als einer der größten Herrscher des antiken Roms bei.

Steuersysteme und Tribute: Herausforderungen und Lösungen

Im Mittelpunkt von Trajans fiskalischer Politik standen die Steuererhebungen und Tribute, die über die Weiten des Römischen Reiches hinweg eingezogen wurden. Diese Steuersysteme waren sowohl Mittel zur Deckung der enormen Kosten des Imperiums als auch Mechanismen zur Integration und Stabilisierung der eroberten Provinzen. Doch mit ihnen waren zahlreiche Herausforderungen verbunden, die Trajan im Laufe seiner Regentschaft meisterlich anging.

Die römische Steuerpolitik basierte auf einem komplexen Geflecht aus direkten und indirekten Steuern sowie aus Tributen, die von unterworfenen Völkern zu entrichten waren. Dieses System war ein Erbe der vorhergehenden Kaiserreichen, konzipiert, um den Bedarf der zentralen Regierung zu decken und zugleich gesellschaftliche Stabilität zu gewährleisten. Die direkte Besteuerung erfolgte häufig durch Kopfsteuern (capitatio) und Grundsteuern (tributum soli), welche eine erhebliche Belastung für die Landbevölkerung darstellen konnten. Die indirekten Steuern umfassten Zollabgaben und Verkehrssteuern, die primär den Handel und damit die Wirtschaft förderten.

Ein Beispiel für Trajans Fähigkeit, die Herausforderungen der Steuererhebung zu adressieren, erkennt man in den Steuererhebungen in den neuen Provinzen wie Dacia. Diese Gebiete mussten an das römische Steuersystem angepasst werden, was oft Widerstände bei den lokalen Eliten und der allgemeinen Bevölkerung hervorrief. Trajan begegnete diesen Herausforderungen mit einer klugen Mischung aus Verhandlungen und festem Durchgreifen. Marcus Ulpius Traianus, Trajans Vater, und sein eigenes Geschick als Militärführer und Verwalter waren hilfreich, um Struktur und Gerechtigkeit in die Steueradministration einzubringen.

Zusätzlich zu seiner geschickten Handhabung bestehender Steuermechanismen führte Trajan innovative Ansätze ein. Ein bemerkenswertes Beispiel ist die von ihm gepflegte Praxis der Alimenta - ein System der staatlich unterstützten Kindererziehung und Landwirtschaftssubventionierung, das durch Hypotheken auf Land finanziert wurde. Diese Maßnahme illustriert Trajans Bestreben, wirtschaftliche Sicherheit mit sozialen Dienstleistungen zu vereinen und eine langfristige Investition in die römische Bevölkerung zu sichern.

Die Erhebung von Steuern und Tributen war keineswegs nur eine Frage der Geldmittel; sie bildeten auch das Fundament der Beziehungen zwischen Rom und seinen Provinzen. Die Integration neuer Regionen erforderte eine angepasste Steuerpolitik, die lokale Bräuche und wirtschaftliche Gegebenheiten respektierte und gleichzeitig dem römischen Finanzsystem nützlich war. Trajan verstand es, lokale Eliten einzubinden, indem er ihnen sowohl Anreize bot als auch Verantwortung übertrug, womit er ihrer Autonomie Respekt zollte, ohne die römische Autorität zu schwächen.

Trotz seiner Anstrengungen blieb die Steuerpolitik eine Quelle der Instabilität und gesellschaftlichen Unruhen, wie in mehreren antiken Quellen vermerkt ist. Ernste Aufstände, wie jene in Mauretanien und Ägypten, belegen, dass selbst Trajans versierte Handhabung der Steueradministration ihre Grenzen hatte. Tacitus, ein zeitgenössischer Historiker, schilderte in seinen Analysen (vgl. "Annales", IV, 9) die Unzufriedenheit der Provinzbewohner mitunter auf die schwerwiegenden Steuerlasten zurückzuführen - ein Echo über die Zeiten hinweg, das die ständige Herausforderung der römischen Steuerpolitik verkörpert.

Letztlich zeigt Trajans Umgang mit Steuersystemen seine Komplexität und sein Geschick als Herrscher, der es verstand, fiskalische Erfordernisse mit der sozialen und politischen Landschaft in Einklang zu bringen. Es gelang ihm, die Bedrohungen eines weitgespannten Reichs zu meistern, indem er die Balance zwischen dem Erhalt von Rom und der Unterstützung seiner Provinzen durch kluge und innovative Lösungen suchte.

Trajans Briefe und Edikte: Kommunikation mit den Provinzen

Im Kern der Verwaltung eines so weitläufigen Reiches wie dem Römischen unter Kaiser Trajan lag die Kommunikation mit den Provinzen. Die Briefe und Edikte Trajans stellen wichtige Dokumente dar, die nicht nur Einblicke in die täglichen Herausforderungen und die Durchsetzung römischer Macht geben, sondern auch die Bemühungen des Kaisers verdeutlichen, durch Sensibilität und Pragmatismus das vielfältige Reich zu steuern. Diese schriftliche Kommunikation war eine der ältesten und effektivsten Methoden der Verwaltung, die im antiken Rom verwendet wurde, und war entscheidend für die kohärente Integration der vielen unterschiedlichen Landstriche unter römischer Herrschaft.

Trajans Briefe, von denen die Korrespondenz mit dem jüngeren Plinius zu den bekanntesten gehört, sind ein Paradebeispiel seiner direkten und diskreten Kommunikationsweise. Plinius, der als Statthalter der Provinz Bithynien und Pontos diente, erhielt zahlreiche Anweisungen von Trajan, die auf detaillierten Berichten und spezifischen Fragen basierten. Diese Briefe, die in ihrer Gesamtheit als *Epistulae* überliefert sind, bieten einen außergewöhnlichen Einblick in die Herausforderungen der Provinzverwaltung.

Ein besonders bemerkenswerter Aspekt dieser Briefe ist Trajans talentierte Balance, pragmatische Lösungen mit moralischer Bildung zu kombinieren. In einem der bekanntesten Briefe, dem sogenannten "Christenreferat", wird Trajan von Plinius zur Verfahrensweise mit den Christen befragt. Hier zeigt Trajan Pragmatismus, indem er befiehlt, die Christen nicht aktiv zu verfolgen, jedoch jene zu bestrafen, die sich erneut zu der Religion bekennen. Damit wird deutlich, wie Trajan lokale religiöse Herausforderungen in die größere Struktur des Reiches integrierte ohne unnötige Spannungen zu erzeugen.

In seinen Edikten offenbarte Trajan ebenfalls ein eindrucksvolles Maß an Empathie und Verständnis für die komplizierten Realitäten des Lebens in den Provinzen. Ein solches Edikt war auf die Verwaltung von Finanzen und Steuerbelastung gerichtet, wobei Trajan sich bemühte, verlorengegangene und abgebrochene Projekte zu reaktivieren und gleichzeitig bürokratische Zwänge zu lockern. So erließ er Edikte, die die Belastungen durch Schulden und Steuern senken und die Infrastruktur verbessern sollten. Solche Maßnahmen beförderten nicht nur sozialen Frieden, sondern begünstigten auch den Fluss von Wohlstand und Stabilität quer durch das Reich.

Des Weiteren dienten Trajans Briefe und Edikte als Mittel der Informationsbeschaffung und Rückmeldung. Durch die regelmäßige Kommunikation mit seinen Statthaltern erlangte er wertvolle Einblicke in die wirklichen Umstände vor Ort und konnte effizient nachjustieren, wo Notwendigkeit bestand. Hierbei stand ihm eine Verwaltungselite zur Seite, die gebildet und gut geschult war, um die Anweisungen des Kaisers nahtlos umzusetzen und auf die örtlichen Besonderheiten einzuwirken. Seine Korrespondenz zeugt von einem ungebrochenen Interesse an den Belangen der Provinzen, sodass lokale Gouverneure nicht nur Kontrolleure des zentralen Willens waren, sondern auch als Vermittler und Diplomaten zwischen Rom und den weit entfernten Gebieten fungierten.

Abschließend lässt sich feststellen, dass die Briefe und Edikte Trajans eine facettenreiche und anpassungsfähige Verwaltung des römischen Imperiums widerspiegeln, die auf Verständigung, praktischer Weisheit und wechselseitigem Austausch basierte. Durch seine geschickte Handhabung der Kommunikation mit den Provinzen trug Trajan maßgeblich zur Festigung der römischen Herrschaft und zur Harmonisierung des öffentlichen und privaten Lebens im Reich bei. Diese Fähigkeit zur effektiven und klaren Kommunikation beinhaltete nicht nur eine tiefgründige politische Strategie, sondern auch eine wesentliche moralische Stärke, die Trajan zu einem der angesehensten und erfolgreichsten Kaiser des antiken Roms machte.

Der Ausbau der Verkehrsinfrastruktur: Straßen, Brücken und Häfen

Der Ausbau der Verkehrsinfrastruktur während der Herrschaft Kaiser Trajans stellt ein bemerkenswertes Zeugnis für die Effizienz und Weitsicht römischer Verwaltungs- und Baukunst dar. Während der Regierungszeit Trajans (98-117 n. Chr.) wurde die Reichsverwaltung systematisch zentralisiert und verbessert, was zu weitreichenden Bauprojekten führte, die die Integration, Kontrolle und wirtschaftliche Ausbeutung der Provinzen erleichterten.

Ein wesentlicher Bestandteil dieser Infrastrukturmaßnahmen bildeten die römischen Straßen, die das Rückgrat des imperialen Kommunikationsnetzwerks darstellten. Die berühmte *Via Traiana* ist hierbei ein Vorzeigebeispiel für die Investitionen in Verkehrswege, die Trajans Bestreben untermauerten, die Anbindung zwischen Rom und den weit entfernten Provinzen zu verbessern. Neben der Erweiterung bestehender Routen wurde durch den Bau neuer Straßen der Zugang zu entlegenen Gebieten erleichtert, was erheblich zur Stabilität des römischen Einflusses beitrug. Syme, ein angesehener Historiker der Antike, kommentiert dies mit den Worten: „Durch das Straßensystem wurde das komplexe Gebilde des Imperiums wie in einem Spinnennetz zusammengehalten." (Syme, 1965).

Zusätzlich zu den Straßen legte Trajan großen Wert auf den Bau von Brücken, die strategisch entscheidend waren, um natürliche Hindernisse wie Flüsse zu überwinden. Besonders bemerkenswert ist die Trajansbrücke über die Donau, eines der beeindruckendsten Ingenieurbauwerke der Antike. Diese Brücke, konstruiert von dem berühmten Architekten Apollodorus von Damaskus, setzte neue Maßstäbe und wurde zu einer vitalen Verbindungslinie in die neu eroberten dakischen Gebiete. Die Trajansbrücke zeugt von der Bedeutung, die die Kontrolle über die Flüsse für Trajans militärische und wirtschaftliche Pläne hatte.

Häfen und maritimes Verkehrsnetz spielten ebenfalls eine bedeutende Rolle in Trajans Infrastrukturpolitik. Der Ausbau und die Instandhaltung von Hafenanlagen unter seiner Ägide waren entscheidend für den Erhalt der überseeischen Handelsrouten. Der Ausbau des Hafens von Ostia, der als Haupthafen Roms diente, veranschaulicht diese Bestrebungen eindrucksvoll. Durch die Verbesserung der Lagerkapazitäten und der Verladeinfrastruktur konnte der Import lebenswichtiger Güter, wie Getreide aus Aegyptus und andernorts, erheblich gesteigert werden.

Die Koordination dieser großflächigen Bauprojekte setzte eine präzise Verwaltung und Organisation voraus, die Trajan durch gestraffte Prozesse und die Berufung fähiger Verwalter sicherstellte. Lokale Eliten wurden eng einbezogen, um Bauvorhaben zu überwachen und die nötige Workforce zu stellen, was die Zusammenarbeit und Loyalität gegenüber Rom stärkte.

Zusammengefasst hatte der intensive Ausbau der Verkehrsinfrastruktur eine herausragende Bedeutung für die Integration der Provinzen in das Römische Reich. Es ermöglichte nicht nur den schnellen Truppentransport zu Krisenherden und Angriffszielen, sondern förderte auch den Austausch von Gütern, Ideen und Kulturen über weite Distanzen. Letztlich trug die Infrastruktur maßgeblich zur langandauernden Stabilität und zum Wohlstand des Reiches bei, wie Trajans Bestrebungen belegen, die Grenzen des bereits mächtigen Reiches weiter zu festigen. Der Erfolg dieser Maßnahmen spiegelt sich in der umfassenden Hervorhebung Trajans als eines der fähigsten und fortschrittlichsten Kaiser wider, dessen Vision von einem geeinten und blühenden Imperium bis heute tief beeindruckt.

Literaturdaten: Syme, Ronald. "The Roman Revolution." Oxford University Press, 1965.

Der Partherfeldzug: Triumph und Krise im Osten

Einführung in den Partherfeldzug: Strategische Ziele und politische Rahmenbedingungen

Der Partherfeldzug Kaiser Trajans markierte einen der ambitioniertesten militärischen Vorstöße eines römischen Kaisers im Osten und unterstreicht die strategischen und politischen Herausforderungen, vor denen das Römische Reich in der Spätantike stand. Die Parther, ein mächtiges Reich, das sich über die heutigen Gebiete des Iran und Teilen des Nahen Ostens erstreckte, waren seit langem ein Dorn im Auge der römischen Expansion. Die Auseinandersetzung mit diesem mächtigen Rivalen versprach sowohl enorme Risiken als auch erhebliche Belohnungen, die Trajan zielstrebig verfolgte.

Der strategische Wert dieses Feldzuges lag in der Kontrolle über Mesopotamien, eine Region von großer landwirtschaftlicher Bedeutung und gleichzeitig ein wichtiger Knotenpunkt für Handelsrouten zwischen Asien und Europa. Die Sicherung dieser Gebiete würde nicht nur den Handel, sondern auch die militärischen Operationen im Osten erheblich erleichtern. Darüber hinaus boten die fruchtbaren Ebenen Mesopotamiens wertvolle Ressourcen, um die römische Wirtschaft weiter zu stärken. Eine Kontrolle über diese Region hätte einen nachhaltigen Einfluss auf die römische Macht in Asien und das Kräfteverhältnis zwischen Rom und seinen östlichen Rivalen.

Politisch verfolgte Trajan das Ziel, seine Stellung innerhalb des Reichs und darüber hinaus zu festigen. Nach den erfolgreichen Dakerkriegen war Trajan in einer Position beispielloser Macht und Popularität, dennoch bedeutete dies auch, dass die Erwartungen an seine Herrschaft hoch gesteckt waren. Ein erfolgreicher Feldzug gegen die Parther hätte nicht nur Trajans militärischen Ruhm gefestigt, sondern auch die römische Dominanz im Nahen Osten entscheidend ausgebaut. Der Zeitpunkt der Kampagne war strategisch günstig, da interne Probleme und dynastische Auseinandersetzungen das Partherreich schwächten.

Die politischen Rahmenbedingungen, in denen Trajan operierte, umfassten auch diplomatische Beziehungen zu benachbarten Königreichen und Völkern. Diese waren entscheidend für den Erfolg oder Misserfolg eines Feldzuges in derart unwegsamen und fernen Gebieten. Trajan war sich der Bedeutung dieser Allianzen wohl bewusst und suchte aktiv die neutrale oder positive Haltung der benachbarten Reiche für seine militärischen Vorhaben sicherzustellen. Die Vorbereitungen für den Feldzug umfassten daher nicht nur militärische Aspekte, sondern auch diplomatische

Bemühungen, um Unruhen oder Aufstände in etlichen Grenzgebieten zu verhindern.

Strategisch gesehen stand Trajan vor der Herausforderung, eine überragende militärische Führung zu demonstrieren und gleichzeitig eine effiziente Verwaltungsstruktur für die integrierten Gebiete zu schaffen. Es war nicht ausreichend, die militärische Kontrolle über die Partherterritorien zu gewinnen, entscheidend war die nachhaltige Integration dieser Gebiete ins Imperium Romanum. Dies erforderte nicht nur militärisches Geschick, sondern auch ein Verständnis für Verwaltungsstrukturen und kulturelle Sensibilität gegenüber den Sitten und Gebräuchen der eroberten Gebiete.

Zusammenfassend mag der Partherfeldzug als Gipfel von Trajans Ambitionen betrachtet werden, eine Unternehmung, die potentiell immense Gewinne versprach. Die politischen und strategischen Überlegungen, die in den Vorstoß gegen die Parther involviert waren, zeugen von Trajans Weitsicht, bestimmen jedoch auch die Risiken einer militärischen Expansion an den äußeren Rändern des römischen Reichs. Diese Einführung in den Partherfeldzug zeigt, dass Trajan nicht nur ein Eroberer war, sondern auch ein Stratege, der die komplexe geopolitische Landschaft seiner Zeit verstand und zu nutzen wusste.

Vorbereitungen für den Feldzug: Logistik, Truppenstärke und diplomatische Vorstöße

Zu Beginn des zweiten Jahrhunderts n. Chr. befand sich das Römische Reich unter der Herrschaft eines seiner fähigsten Kaiser, Marcus Ulpius Traianus, besser bekannt als Trajan. Seine Regentschaft war geprägt von territorialem Expansionismus, durchdachten innenpolitischen Reformen und einem kompromisslosen Engagement für das Wohl des Imperiums. Der Partherfeldzug, ein bedeutendes militärisches Unterfangen jener Zeit, symbolisierte Trajans ambitionierten Versuch, die östlichen Grenzen des Reiches zu festigen und darüber hinaus den römischen Einfluss in den weiten Ebenen Mesopotamiens auszudehnen. Doch um dieses ehrgeizige Ziel zu erreichen, waren umfassende Vorbereitungen erforderlich – sowohl im Hinblick auf die militärische Logistik als auch die diplomatischen Beziehungen.

Die logistische Organisation eines kriegerischen Vorstoßes, der so weitreichend und komplex war, wie der des Partherfeldzuges, verlangte nach präziser Planung und sorgfältiger Ressourcenallokation. Die geografische Distanz zwischen Rom und den Zielgebieten stellte eine enorme Herausforderung dar, vor allem in Zeiten, in denen die Mobilität von Legionen und deren Versorgung sich weitgehend auf Landwege und Wasserstraßen stützten. Moderne Historiker wie Duncan auf Horne betonen die Rolle ausgeklügelter

Versorgungslinien, die entlang der strategisch wichtigen Flüsse Tigris und Euphrat eingerichtet wurden, um sicherzustellen, dass die Truppen ununterbrochen mit Nahrungsmitteln, Waffen und anderen lebenswichtigen Gütern versorgt werden konnten.

Berichte aus dieser Epoche zeigen, dass Trajan sich auf die Bewährtheit und Stärke der römischen Legionen verließ, welche die Hauptkraft seiner militärischen Anstrengungen bildeten. Es wird geschätzt, dass er eine Armee von bis zu 100.000 Mann mobilisierte, bestehend aus Legionären, Hilfstruppen, Reitern und Ingenieuren. Diese Truppenstärke war in der Tat beeindruckend, jedoch auch eine signifikante logistische Herausforderung. Die römische Armee war jedoch nicht nur zahlenmäßig stark, sondern auch in ihrem Aufbau äußerst flexibel und anpassungsfähig – ein entscheidender Vorteil, um sich den variierenden Bedingungen der parthischen Terrains anzupassen.

Die diplomatischen Vorstöße waren ebenso wesentlich wie die Vorbereitung der militärischen Operationen. Trajan musste das antike Partherreich nicht nur als militärische, sondern auch als diplomatische Herausforderung angehen, um potentielle Allianzen zu sichern und zu vermeiden, von verschiedenen Fronten gleichzeitig bedrängt zu werden. Der römische Kaiser setzte erfahrene Gesandte ein, um mit den Herrschern benachbarter Königreiche zu verhandeln, in der Hoffnung, sie in die römische Sache einzubinden oder zumindest deren Neutralität zu garantieren.

Diese diplomatischen Bemühungen inkludierten auch subversive Mittel, mit denen versucht wurde, rivalisierende Elemente innerhalb der parthischen Hierarchie zu identifizieren und zu fördern. Solche politischen Manöver wurden in den damaligen Quellen, einschließlich der 'Historia Augusta', beschrieben, worin betont wird, wie die römische Diplomatie darauf zielte, die untereinander zerstrittenen parthischen Adeligen gegeneinander auszuspielen.

In Vorbereitung auf den bevorstehenden Feldzug war das römische Reich ebenso bemüht, ein möglichst klares Verständnis der parthischen Innenpolitik und ihrer militärischen Fähigkeiten zu erlangen. Dies geschah durch die Auswertung von Berichten von Kaufleuten und Spionen, die die Handelsrouten durch den Orient zurücklegten. Erst durch diese Vorbereitungen konnte Trajan die Notwendigkeit erkennen, nicht nur auf brutale militärische Gewalt zu setzen, sondern durch weitsichtige Planung und kluges Taktieren im politischen Geflecht des Orients nachhaltig Einfluss zu gewinnen.

So war der Partherfeldzug tiefer verwurzelt in eine strategische Gesamtdisposition, die militärische Vorbereitung und diplomatische Raffinesse gleichermaßen beinhaltete. Es sollte sich in der Folgezeit zeigen, ob diese Anstrengungen die gewünschten Erfolge zeitigen würden und der glorreiche Ruhm des Kaiser Trajan auch im fernen Osten Bestand haben würde.

Der Beginn der Offensive: Der Vormarsch Trajans und die ersten Erfolge

Im Jahr 113 n. Chr. begann Kaiser Trajan, einen sorgfältig geplanten und ehrgeizigen Feldzug gegen das Partherreich. Diese Offensive war von entscheidender Bedeutung für die festgelegten strategischen Ziele des Römischen Reiches. Kaiser Trajans Schritte waren gut kalkuliert und gründlich vorbereitet, angetrieben von der doppelten Motivation, sowohl das Prestige Roms zu erhöhen als auch die Nachbarregionen im Osten zu konsolidieren, die eine konstante Bedrohung darstellten.

Der Vormarsch der römischen Legionen gen Osten war bemerkenswert präzise und gut organisiert. Trajan, ein erfahrener und geschickter Militärführer, nutzte seine tiefen Kenntnisse der Militärtaktik, um die Offensive zu leiten und rasch bedeutende Erfolge zu erzielen. Die Streitkräfte wurden durch eine sorgfältige Logistik unterstützt, die es den Legionen ermöglichte, auch in den entlegensten und feindlichsten Gebieten effizient zu operieren. Der Vormarsch in Mesopotamien begann nicht nur im Einklang mit einem gut ausgearbeiteten militärischen Plan, sondern auch unter Berücksichtigung diplomatischer Vorstöße zur Sicherstellung von Allianzen mit benachbarten Stämmen und Königreichen.

Die ersten Erfolge der Offensive waren beeindruckend. Historischen Aufzeichnungen zufolge konnten die römischen Streitkräfte innerhalb kurzer Zeit bedeutende Gebiete sichern, die für langfristige militärische Stabilität und ökonomische Vorteile von enormer Wichtigkeit waren. Einer der ersten Höhepunkte der Kampagne war die Einnahme von Nisibis, einem zentralen strategischen Ort, der als Tor zu weiteren Eroberungen im Partherreich galt. Mit seinem Sieg über die Verteidiger von Nisibis setzte Trajan ein starkes Zeichen seiner militärischen Überlegenheit und erhielt gleichzeitig eine wichtige Basis für den weiteren Vormarsch.

Ein weiterer wesentlicher Erfolg war die Einnahme von Batnae durch Trajans Truppen. Batnae, eine Stadt von strategischer Relevanz, diente als Knotenpunkt und versorgte die römischen Truppen mit den notwendigen Ressourcen, um weiter in feindliches Gebiet vordringen zu können. Zu diesem Zeitpunkt nahm der Feldzug eine dynamische Wendung, da die Eroberungen nicht nur dem militärischen, sondern auch dem wirtschaftlichen und politischen Einfluss Trajans halfen, seinen Ruhm als Kaiser und Anführer auszubauen.

Die Erfolge im Anfangsstadium der Offensive waren nicht nur durch überlegene militärische Strategie bedingt, sondern auch durch Trajans Fähigkeit, römische Disziplin und Effizienz anzuwenden. Die Legionen bewegten sich methodisch, während sie befestigte Lager bauten, die Bewegungen der Feinde auskundschafteten und die Kommunikation zwischen den Vorposten sicherstellten. Diese militärische Präzision wurde in der zeitgenössischen Geschichtsschreibung gerühmt und zeigt, wie bedeutsam militärische Erfolge für die Legitimation der Herrschaft Trajans ebenso wie das Prestige des Römischen Reiches waren.

Trajan war sich jedoch auch der Gefahren bewusst, die diese frühen Erfolge mit sich bringen könnten. Die schnelle Expansion bedeutete eine teilweise überdehnte Nachschublinie und erhöhte Anforderungen an die Kommunikation zwischen den Truppenteilen. Um diesen Herausforderungen zu begegnen, legte Trajan großen Wert auf eine stabile Versorgung und Informationsweitergabe. Er setzte auf gut ausgebildete Zenturionen, die unter unvorhersehbaren Umständen improvisieren konnten, und übertrug vertrauenswürdigen Kommandeuren wichtige Verantwortung, um die Offensive am Laufen zu halten.

Insgesamt symbolisiert der Beginn der Offensive gegen das Partherreich eine bemerkenswerte Phase des Triumphs für Kaiser Trajan. Die Legionen des Römischen Reiches marschierten mit ruhmreichen Erfolgen voran, was nicht nur die militärische Macht unterstrich, sondern auch die Ehrfurcht, die Rom in der antiken Welt genoss. Mit jedem eroberten Territorium etablierte Trajan nicht nur eine neue Provinz des Römischen Reiches, sondern auch ein weiteres Kapitel in seiner beeindruckenden Herrschaft, das bis heute in der Geschichtsschreibung anerkannt wird. Die frühe Phase des Partherfeldzuges stellte somit die Weichen für einen der bedeutendsten militärischen Vorstöße eines römischen Kaisers im Osten dar und führte zu einer neuartigen geopolitischen Landschaft, die sowohl Chancen als auch Risiken mit sich brachte.

Die Eroberung Mesopotamiens: Schlüsselgefechte und die Einnahme von Ctesiphon

Die Eroberung Mesopotamiens durch Kaiser Trajan stellt einen Höhepunkt seiner militärischen Unternehmungen dar und illustriert die strategische Raffinesse und den Mut der römischen Legionen. Mesopotamien war seit jeher eine Region von enormer geopolitischer Bedeutung, geprägt von den fruchtbaren Ebenen zwischen Euphrat und Tigris. Die Kontrolle über dieses Gebiet bedeutete nicht nur einen strategischen Vorteil für das Römische Reich, sondern auch den Zugang zu reichen Ressourcen und Handelsstraßen, die den Wohlstand der Region stützten.

Der Vormarsch der römischen Armee, angeführt von Trajan, war geprägt von strategisch geplanten Gefechten und geschickter Kriegsführung. Einer der Schlüsselgefechte, die die Weichen für die römische Eroberung stellten, war die Schlacht von Nisibis. Diese Stadt im oberen Mesopotamien war ein bedeutendes Zentrum parthischer Macht und ein wichtiger Knotenpunkt der Ost-West-Handelsrouten. Trajan, der für seine strategische Voraussicht bekannt war, wusste, dass die Einnahme von Nisibis nicht nur das Tor zu Mesopotamien öffnen, sondern auch die Moral seiner Truppen stärken würde. Die Eroberung gelang nach einem heftigen Belagerungskampf, der das römische Ingenieurswesen in neuer Pracht zeigte. Einer der bedeutendsten Römer seiner Zeit, Cassius Dio, beschreibt die Schlacht als „eine Demonstration römischer Ingenieurskunst und unermüdlicher Entschlossenheit".

Mit Nisibis als Basis setzte Trajan seinen Feldzug fort und marschierte entlang des Flusses Tigris südlich zu einer Stadt von immenser Bedeutung: Ctesiphon. Diese Stadt war die historische Hauptstadt des Partherreiches und symbolisierte das Herz der feindlichen Macht. Die Einnahme Ctesiphons war ein strategischer Schlag gegen die Parther und ein symbolischer Triumph, der weitreichende Auswirkungen auf die Geopolitik der Region hatte.

Der Angriff auf Ctesiphon war akribisch vorbereitet. Die römischen Truppen mussten die gut befestigten und schwer verteidigten Mauern überwinden, was eine Kombination aus Belagerungswaffen und direktem Frontangriff erforderte. Trajans Charisma und seine Fähigkeit, die Moral seiner Truppen hochzuhalten, spielten hier eine entscheidende Rolle. Der römische Geschichtsschreiber Plinius der Jüngere lobt Trajans Führung als „beispiellos kühnen und klugen Einsatz seiner Legionen". Dies gestattete den Römern, die

Stadt letztlich zu erobern und somit das Partherreich schwer zu erschüttern.

Während der Einnahme Ctesiphons realisierte Trajan auch wertvolle diplomatische Erfolge. Es gelang ihm, etliche parthische Adelige zu gruppieren und dann gefangenzunehmen oder zu neutralisieren, was die Widerstandskraft der feindlichen Machtstrukturen schwächte. Mit der Unterwerfung von Ctesiphon kam auch die Anerkennung von römischen Vasallenstaaten innerhalb Mesopotamiens, die auf die römische Hegemonie eingeschworen wurden. Dieser taktische Zug erwies sich als fundamental für die Übertragung römischer Werte und Strukturen in die kürzlich eroberten Gebiete. Die kaiserliche Verwaltung in Ctesiphon diente dabei als wichtige Achse der römischen Provinzen im Osten, ein Versuch, dauerhafte Kontrolle und Integration zu sichern.

Doch die Einnahme von Ctesiphon war nicht nur ein einfacher militärischer Erfolg. Es symbolisierte die Ausdehnung römischer Macht auf ein neues Maß. Wie Trajan unmissverständlich in einer seiner Schriftrollen festhielt: "In diesem Moment stützte sich die römische Zivilisation auf Säulen der Stärke und des Verstehens [Quelle benötigt]." Diese Worte fassten das ethos des römischen Expansionswillens prägnant zusammen. Auch galt es, sich den Herausforderungen eines Guerillakrieges und den logistischen Problemen zu stellen, die in den folgenden Monaten den Glanz des

Sieges trübten – ein Gedanke, auf den wir detaillierter in den kommenden Abschnitten des Buches eingehen werden.

Verwaltungsstrukturen in eroberten Gebieten: Integration in das römische Reich

Die Eroberung und Eingliederung neuer Gebiete in das Römische Reich war eine komplexe Aufgabe, die weit über den militärischen Sieg hinausging. Nach den ersten triumphalen Erfolgen von Trajans Partherfeldzug entstand die Notwendigkeit, die neu eroberten Gebiete effektiv in das römische Imperium zu integrieren. Dies erforderte nicht nur geschickte administrative Maßnahmen, sondern auch soziale und kulturelle Sensibilität, um eine nachhaltige römische Präsenz zu etablieren.

Die Verwaltungsstruktur in den neuen Provinzen war darauf ausgerichtet, sowohl militärische Sicherheit als auch wirtschaftliche Prosperität zu gewährleisten. Zentral für die Verwaltung war die Einrichtung von Provinzen als Verwaltungseinheiten. Zunächst wurden militärische Führungskräfte als vorläufige Gouverneure eingesetzt, die für die Sicherheit und Ordnung sorgen mussten. Die Verteilung der römischen Legionslager entlang strategischer Punkte sicherte nicht nur die Gebiete, sondern erlaubte auch schnelle Eingriffe bei etwaigen Aufständen. Wie Tacitus in seinen Annalen beschreibt: „...die römischen Garnisonen dienten als Bollwerke und Garantie der in den Provinzen neu errichteten Ordnung" (Annales XV, 1).

Ein weiterer grundlegender Schritt war die Implementierung des römischen Rechtssystems, das die Grundlage der Zivilverwaltung bildete. Die Schaffung von Städten mit dem Status von Kolonien oder Munizipien erleichterte es, Recht und Ordnung nach römischem Vorbild durchzusetzen. Diese urbanen Zentren wurden nicht nur Verwaltungs-, sondern auch kulturelle Knotenpunkte, die die römische Lebensweise förderten. Ihre Bürger genossen oft das römische Bürgerrecht, was die Loyalität gegenüber Rom stärkte.

Besondere Aufmerksamkeit wurde auch der Integration der lokalen Eliten gewidmet. Die Kooperation mit den noblen Schichten der unterworfenen Völker war entscheidend für die Akzeptanz und die langfristige Stabilität der römischen Herrschaft. Durch die Einbeziehung in die römische Verwaltung erhielten lokale Anführer die Möglichkeit, Einfluss und Ansehen, auch im römischen Kontext, zu erlangen. Dies erleichterte die Anpassung der indigenen Bevölkerung an die neuen Machthaber, ohne die traditionellen sozialen Strukturen vollständig zu zerstören.

Welche wirtschaftlichen Anreize bot Rom, um die Integration zu fördern? Die Integration in das Handelsnetz Roms eröffnete den Provinzen neue wirtschaftliche

Möglichkeiten. Der Bau von Straßen, Brücken und Häfen, die unter Trajan ein beispielloses Ausmaß erreichten, förderte nicht nur den Handel, sondern auch die schnelle Kommunikation innerhalb des Reiches. Der Archäologe Sidney Smith schreibt hierzu: „Die Verkehrswege des Imperiums waren das Nervensystem, das den stillen Puls der römischen Zivilisation am Leben hielt" (Smith, "Roman Roads", 1927).

Eine weitere wesentliche Rolle bei der Integration spielte die Romanisierung der Kultur. Sie manifestierte sich oftmals in der Konstruktion öffentlicher Gebäude, wie Theatern, Bädern und Tempeln, die römische Architektur und Lebensweise vermittelten. Kulturelle Veranstaltungen, insbesondere Gladiatorenspiele und Theateraufführungen, dienten nicht nur der Unterhaltung, sondern waren Mittel der kulturellen Werbung.

Zusammenfassend lässt sich sagen, dass die Integration neu eroberter Gebiete unter Trajan als Modell für die römische Expansion in andere Regionen diente. Es ging nicht nur um die Sicherung des Territoriums, sondern vielmehr um eine nachhaltige Konsolidierung der römischen Präsenz. Trajans Vorgehen zeigt eine pragmatische Mischung aus militärischer Stärke und gesellschaftspolitischen Maßnahmen, die letztlich darauf abzielte, ein harmonisches und prosperierendes Reich zu schaffen. Die Balance zwischen militärischer Kontrolle und sozialer Integration legte den Grundstein für die dauerhafte Einbindung der neuen Provinzen in das Römische Reich.

Wachsende Herausforderungen: Guerillakrieg und logistischer Nachschub

Der Partherfeldzug unter Kaiser Trajan, der als eine der ambitioniertesten militärischen Unternehmungen des Römischen Reiches galt, brachte nicht nur kühne Eroberungen, sondern auch erhebliche Herausforderungen mit sich. Eine der zentralen Schwierigkeiten bestand in den anhaltenden Guerillakriegsoperationen der Parther und ihren Verbündeten, die das römische Militär erheblich strapazierten. Gleichzeitig sah sich Trajan mit massiven logistischen Herausforderungen konfrontiert, die die Versorgung der römischen Truppen tief im feindlichen Territorium sicherstellen sollten.

Im Gegensatz zu konventionellen Feldschlachten, mit denen die römischen Legionen reichlich Erfahrung hatten, stellten die taktisch geschickt geführten Guerilla-Angriffe der Parther eine völlig neue Form der Kriegsführung dar. Die Parther nutzten die geografische Beschaffenheit Mesopotamiens, um versteckte Angriffe und plötzliche Überfälle durchzuführen, wodurch sie die römische Armee konstant in Alarmbereitschaft hielten. Laut Cassius Dio, einem bedeutenden römischen Historiker, „erlebten die römischen Truppen das Beklemmende plötzlich hereinbrechender

Angriffe, die ihnen weder zur Ruhe noch zur Planung neuer Operationen Zeit ließen" (Cassius Dio, Römische Geschichte, Buch 68).

Diese taktischen Herausforderungen wurden durch die umfassenden logistischen Anforderungen des Feldzugs weiter verstärkt. Die Notwendigkeit, eine große Armee durch karges und feindliches Gebiet zu versorgen, war eine Meisterleistung der Planung und Durchführung. Die Römer mussten akribisch konzipierte Versorgungsrouten aufrechterhalten, die von Getreidelieferungen bis hin zu militärischen Ausrüstungen alles umfassten. Immer wieder wurden Versorgungszüge das Ziel partischer Überfälle, die die ohnehin schon angespannten Ressourcen zusätzlich belasteten. Plinius der Jüngere berichtet in seinen Briefen: „Die zunehmend gestörten Versorgungswege drohten den Vormarsch Trajans zu einem gefährlichen Unternehmen zu machen" (Plinius d. J., Briefe, Buch 10, Brief 15).

Ein herausragendes Beispiel der römischen Logistikkunst jener Zeit war die Einrichtung temporärer Lager '*canabae*' entlang der Marschroute, die als Versorgungsbasis und Stabilisationspunkte dienten. Diese Lager ermöglichten es, kurze Pausen für die erschöpften Truppen einzulegen und gleichzeitig die logistische Kette aufrechtzuerhalten. Trotz dieser Vorkehrungen wurde der kontinuierliche Verstärkungs- und Nachschubmarkt zu einem logistischen Albtraum, da die parthischen Truppen die römischen Transportrouten unaufhörlich attackierten.

Ein strategisches Dilemma ergab sich aus der Notwendigkeit, eroberte Gebiete zu sichern, während gleichzeitig die Angriffsbewegungen vorangetrieben wurden. Die Bindung von Truppen in besetzten Gebieten verringerte die Schlagkraft der römischen Offensive, was Trajan zwang, ständig zwischen Vorstoß und Konsolidierung zu jonglieren. Diese ständige Herausforderung wurde in zeitgenössischen Berichten oftmals als symbolisch für die Grenzen römischer Militärmacht betrachtet. Tacitus, der berühmte römische Historiker, stellte fest: „Der Feldherr steht im ständigen Widerspruch zwischen Expansion und Sicherung, zwischen Sieg und Stabilität“ (Tacitus, Annalen, Buch 13).

Zusätzlich erwiesen sich die klimatischen Bedingungen Mesopotamiens als unerwartetes Hindernis. Die intensiven Sommerhitzen und die schwierige Topografie erschwerten nicht nur militärische Operationen, sondern forderten auch ihren Tribut an Mensch und Material. Die Belastungen der Wüste verzehrten die römischen Legionen, was die Effektivität der Truppen weiter einschränkte und die Anfälligkeit für partische Angriffe erhöhte. Dio Chrysostomos notiert in seinen Schriften eine bemerkenswerte Anekdote zu diesen Umständen: „Nicht der Feind, so sprachen sie untereinander, sondern die sengende Hitze war ihr größter Gegner“ (Dio Chrysostomos, Discours, 32).

Insgesamt offenbaren die Herausforderungen im Guerillakrieg und der Logistik die Komplexität des

Partherfeldzuges. Diese Aspekte tragen maßgeblich dazu bei, die strategischen Begrenzungen selbst eines solch mächtigen Reiches wie dem Römischen zu verstehen und spiegeln die ständige Anpassungskapazität und Flexibilität wider, die von Trajan und seinen Generalen gefordert wurde. Trotz seiner überwältigenden militärischen Erfolge sah sich Trajan auch mit der Erkenntnis konfrontiert, dass es Grenzen gab, welche die römische Kriegsmaschine nicht ohne weiteres überwinden konnte. Diese Lektionen würden in die Kalkulationen zukünftiger römischer Eroberungspläne einfließen und den übergroßen Schatten der römischen Mächtigkeit in einem neuen Licht erscheinen lassen.

Rückschläge und Verluste: Ursachen und Auswirkungen auf den Feldzug

Die Parther, einst mächtige Herrscher über einen ausgedehnten asiatischen Raum, stellten eine besondere Herausforderung für das Römische Reich dar. Trotz anfänglicher Erfolge stieß Kaiser Trajan als Anführer des römischen Feldzugs im Osten auf erhebliche Widerstände, die den Verlauf und letztlich das Schicksal der Kampagne maßgeblich beeinflussten. Die Rückschläge und Verluste, die im Zuge dieses Feldzugs erlitten wurden, waren nicht nur auf äußere Umstände zurückzuführen, sondern auch auf innere strukturelle Schwierigkeiten, die es zu untersuchen gilt.

Die schwierigen geografischen Bedingungen bildeten die Grundlage für zahlreiche Rückschläge. Das raue und vielfältige Terrain Mesopotamiens, geprägt von Wüsten und gebirgigen Regionen, erwies sich als schwieriges Hindernis für die römischen Legionen. Die Sommerhitze, der Wassermangel und die unberechenbaren Wetterbedingungen führten zu großen Belastungen für die Soldaten und waren maßgeblich an der Verringerung der Kampfkraft beteiligt. Hinzu kam das Fehlen von etablierten Straßen und einer zuverlässigen Infrastruktur, die den Nachschub an lebenswichtigen Ressourcen erschwerten.

Doch nicht nur die Umweltbedingungen stellten die römischen Truppen auf eine harte Probe. Eine weitere wesentliche Herausforderung ergab sich aus der Guerillataktik der Parther. Diese setzten auf plötzliche Angriffe und Rückzüge, welche die regulären römischen Kriegsstrategien vor erhebliche Schwierigkeiten stellten. Das feindliche Heer bediente sich kluger Täuschungsmanöver und erleichterte sich den Rückzug in die Weiten ihres Territoriums, was einen verlustreichen und zermürbenden Kleinkrieg zur Folge hatte.

Zusätzlich bereitete die uneinheitliche Gefolgschaft Trajans Probleme. Die römischen Legionen bestanden aus diversen Truppeneinheiten, inklusive alliierter Kontingente, deren Motivation und Treue oft variierte. Die Integration unterschiedlicher Ersteilungen und Sprachen verlangsamte die

Entscheidungsprozesse und schwächte die Koordination. In einigen Fällen führte Misstrauen unter den Kommandanten zu strategischen Irrtümern, die für die Streitkräfte verheerende Folgen hatten.

Von besonders gravierender Bedeutung war der Ausbruch von Epidemien innerhalb der Truppenlager. Die unzureichenden hygienischen Verhältnisse und die enge Belegung begünstigten die Verbreitung von Infektionskrankheiten. Quellen berichten von schweren Krankheitsausbrüchen, die zu einer hohen Anzahl an Todesfällen führten und die moralische Schlagkraft der Truppen deutlich reduzierten (Tacitus: "Historiae", Buch V).

Eine der schwerwiegendsten Konsequenzen dieser Rückschläge war der Verlust der strategischen Initiative. Anstatt offensive Operationen voranzutreiben, sah sich Trajan zunehmend in die Defensive gezwungen. Die endlichen Ressourcen wurden primär für die Aufrechterhaltung der bestehenden Eroberungen aufgewendet, was die Kapazitäten für weiterführende Angriffe stark einengte. Die Notwendigkeit, garnisonierter Gebiete vor Übergriffen zu schützen, band beträchtliche Kräfte, die anderweitig im Feld dringend benötigt wurden.

Diese Probleme hatten tiefgreifende Auswirkungen auf die moralische Lage der römischen Armee. Der anfängliche Enthusiasmus und die Siegesgewissheit wichen einer zunehmend fatalistischen Stimmung, die durch andauernde

Niederlagen, Krankheiten und Versorgungsengpässe befeuert wurde. Die Soldaten begannen zu zweifeln, und mit dem Zweifel kam die Desillusionierung; eine gefährliche Entwicklung, die letztlich das gesamte kampfbereite Potenzial der Armee untergrub.

Trajans Ziele – die konsolidierte Kontrolle über Mesopotamien und die Ausdehnung römischer Macht – standen angesichts dieser Hindernisse auf dem Spiel. Der Kaiser war gezwungen, seine Strategien anzupassen und Prioritäten neu zu bewerten. Trotz seiner militärischen Erfahrung und seines anfänglichen Erfolgs konnte Trajan den Herausforderungen nicht in vollem Maße begegnen, was ihn zu einem Umdenken in seiner Vorgehensweise zwang. Der Feldzug, der mit Triumph begann, entwickelte sich zu einer Krise, die die Grenze des römischen Ehrgeizes im Osten offenlegte.

Der wirtschaftliche Preis des Feldzuges: Einschätzungen der römischen Finanzen

In der Ära Trajans stand das Römische Reich auf dem Höhepunkt seiner wirtschaftlichen und territorialen Macht. Der Partherfeldzug, ein monumentales militärisches Unterfangen, war jedoch nicht nur von geopolitischen Ambitionen geprägt, sondern auch von enormen wirtschaftlichen

Implikationen, die tief in die römischen Finanzen einschnitten. Während die militärische Expansion römische Macht und Prestige zu sichern schien, war der finanzielle Tribut des Feldzuges sowohl für die Verwaltung als auch für die Bevölkerung erheblich.

Der Feldzug gegen die Parther erwies sich als kostspielige Angelegenheit, deren Ausmaß sich in mehreren Dimensionen zeigte. Zunächst musste die römische Administration immense Ressourcen mobilisieren. Dies umfasste die Bereitstellung von Armeen, die oft aus weiten Teilen des Reiches zusammengezogen wurden und deren Ausrüstung, Versorgung und Sold immense Ausgaben erforderten. Cassius Dio berichtet in seinen „Römischen Geschichte", dass Trajan für diesen Feldzug erhebliche Vorräte und finanzielle Mittel allokieren musste, was durch erzwungene Tribute von unterworfenen Völkern und erhöhte Steuerbelastungen für die Provinzen erreicht wurde (Dio, Römische Geschichte, Buch 68).

Weiterhin musste die römische Wirtschaft die Unterbrechung und Umleitung von Handelsströmen kompensieren. Die römische Abhängigkeit vom freien Handel und die Notwendigkeit, die Logistik für den Transport von Truppen und Materialien zu sichern, führten zu einer vorübergehenden Umgestaltung der Handelsnetzwerke. Diese Umgestaltung beeinträchtigte nicht nur den inneren Wirtschaftsfluss, sondern veränderte auch den internationalen Handel. Handelsrouten, die gewöhnlich sicher und profitabel waren, erlitten Verluste durch Umleitungen und Blockaden, was sich negativ auf den Wohlstand der Handelsstädte des Reiches auswirkte.

Zusätzlich fiel ins Gewicht, dass die Kosten nicht nur unmittelbar während des Feldzuges getragen werden mussten. Die langfristigen wirtschaftlichen Verpflichtungen der kürzlich integrierten Provinzen mit ihrer Infrastruktur und Verwaltung erzeugten dauerhafte Belastungen, die erforderlich waren, um einen römischen Einfluss aufrechtzuerhalten. Diese Belastungen machten sich, laut Plinius dem Jüngeren, in der Erschöpfung des Staatsschatzes bemerkbar, was die Ausschüttungen an römische Bürger und Veteranen beeinflusste (Plinius, Briefe, Buch 6, Brief 16).

Ein weiterer Gesichtspunkt der ökonomischen Aufwände betrifft den Verlust an Humankapital. Aufgrund der obligatorischen Regelungen für Bürgerwehren und das Einsammeln von jungen Männern für den Kriegsdienst erlebten viele Regionen einen Rückgang in der landwirtschaftlichen Produktion und in kleinen Handwerksbetrieben. Der Mangel an Arbeitskraft führte in einigen Provinzen zu einem signifikanten Anstieg der Lebenshaltungskosten und einem Rückschlag in der Produktivität, was die wirtschaftliche Stabilität der betroffenen Gebiete beeinträchtigte.

Insgesamt lässt sich überzeugend argumentieren, dass der wirtschaftliche Preis des Partherfeldzuges in seiner

Komplexität sowohl die gegenwärtige Dynamik des römischen Reiches als auch seine zukünftigen wirtschaftlichen Aussichten massiv beeinflusste. Die finanzielle Bewältigung des Feldzuges zeugte von Trajans administrativen Fähigkeiten, aber auch von den Grenzen der römischen Ressourcen und der Belastbarkeit der imperialen Struktur. Die ökonomischen Belastungen, die aus dem Streben nach militärischem Ruhm resultierten, werfen überdies ein kritisches Licht auf die Strategien, die zur Aufrechterhaltung und Erweiterung des römischen Imperiums verfolgt wurden.

Friedensverhandlungen und der Abbruch des Feldzuges: Gründe für den Rückzug

Die Phase der Friedensverhandlungen und der darauffolgende Abbruch des Feldzuges gegen die Parther sind von großer Bedeutung, um das Ausmaß von Kaiser Trajans militärischen Bestrebungen und seinen pragmatischen Führungsstil zu verstehen. Dieses Unterkapitel untersucht die vielfältigen Gründe, die zum Rückzug aus dem Osten führten, und beleuchtet die politischen, militärischen und wirtschaftlichen Faktoren, die Trajan zu diesem entscheidenden Kurswechsel veranlassten.

Der Feldzug, der im Jahr 113 n. Chr. begann, hatte ursprünglich zum Ziel, die östlichen Grenzen des Römischen Reiches zu sichern und zu erweitern, indem er die Macht der Parther, einem der wenigen verbliebenen Rivalen Roms, entscheidend schwächte. Doch was als triumphaler Anfang mit der Eroberung von Mesopotamien und der Einnahme von Ctesiphon begann, verwandelte sich rasch in einen zermürbenden Krieg, der das römische Imperium an den Rand seiner Ressourcen brachte. Die zunehmenden Schwierigkeiten veranlassten Trajan, eine weniger konfrontative Strategie zu erwägen und Friedensverhandlungen in Betracht zu ziehen.

Ein wesentlicher Grund für die Überlegungen zu einem Rückzug war die anhaltende Guerillataktik der Parther und ihrer Verbündeten. Diese stellten die römischen Truppen vor erhebliche Herausforderungen. Laut dem Historiker Cassius Dio, dessen Berichte auf Augenzeugen und widersprüchliches zeitgenössisches Material beruhen, nutzten die Parther das Terrain ihrer Heimat zu ihrem Vorteil und zwangen Trajans Armeen in zermürbende Gefechte, die weit entfernt von den glorreichen Schlachten gegen die Daker waren ("Cassius Dio, Römische Geschichte, LXVIII.25").

Zudem waren die logistischen Schwierigkeiten erheblich. Die immens langen Nachschublinien, die das Römische Reich zu unterhalten hatte, waren anfällig für Angriffe und Unterbrechungen. Dies führte nicht nur zu Versorgungsengpässen, sondern auch zu einem exorbitanten Anstieg der Kosten des Feldzuges. Das römische Finanzsystem geriet durch die fortdauernden Kriegskosten unter massiven Druck, was den Kaiser zu der Einsicht brachte, dass ein

Kompromiss unausweichlich war ("Bennett, J., Trajan: Optimus Princeps, Routledge, 1997").

Nicht weniger schwer wogen die politischen Überlegungen im Hinblick auf die Stabilität innerhalb des Reiches. Während Trajan gezwungen war, seine Truppen im Osten zu konzentrieren, kam es in anderen Teilen des Reiches zu Unruhen, die ebenfalls Aufmerksamkeit und Ressourcen forderten. Die laufenden Spannungen in den nordafrikanischen Provinzen und das ständige Risiko germanischer Einfälle an der Donau stellten Bedrohungen dar, die ein Umdenken in Trajans strategischer Planung erforderten ("Hopkins, K., The Political Economy of the Roman Empire", in: Crises and Emperors, Cambridge University Press, 2015).

Schließlich spielte auch der gesundheitliche Zustand Trajans eine maßgebliche Rolle in der Entscheidung, den Feldzug abzubrechen. Der Kaiser, dem Erkrankungen und fortschreitendes Alter zu schaffen machten, sah sich gezwungen, ins politische Zentrum des Reiches zurückzukehren, um seine Nachfolge sicherzustellen und die Integrität des Reiches zu gewährleisten. Selbst ein militärisch erfolgreicher Kaiser musste den Grenzen seiner körperlichen Verfassung Rechnung tragen.

In den letztendlichen Friedensverhandlungen waren Zugeständnisse notwendig. So wurde Armenien als Pufferstaat wiederhergestellt, und die Hoffnung, das Römische Reich durch dauerhaften territorialen Gewinn im Osten zu erweitern, wurde vorerst aufgegeben. Die Partherfeldzüge Trajans endeten somit nicht mit einem klaren militärischen Sieg, sondern durch eine taktisch kluge und politisch erforderliche Neuorientierung. Diese Entscheidungen spiegeln Trajans Fähigkeit wider, die Grenzen seiner Macht realistisch einzuschätzen und das Wohl des Reiches über persönliche oder militärische Ambitionen zu stellen.

Die strategische Bilanz: Analyse der Erfolge und Misserfolge

Die Analyse der strategischen Bilanz des Partherfeldzuges unter Kaiser Trajan bietet eine facettenreiche Betrachtung sowohl der militärischen Errungenschaften als auch der Herausforderungen und Misserfolge, die das ehrgeizige Unternehmen prägten. Trajans Bestreben, das Römische Reich weiter gen Osten auszudehnen und die Kontrolle über die reichen Gebiete Mesopotamiens zu erlangen, war sowohl aus strategischer Sicht als auch im Hinblick auf das Prestigestreben verständlich. Dennoch müssen die Ereignisse und deren Folgen im Kontext der damaligen geopolitischen Rahmenbedingungen und der internen Herausforderungen des Reiches beleuchtet werden.

In militärischer Hinsicht konnte Trajan zunächst bedeutende Erfolge verbuchen. Die erfolgreiche Einnahme von

Ctesiphon, der Hauptstadt des Partherreiches, markierte den Höhepunkt seiner Ostfeldzüge. Diese Eroberung war nicht nur ein symbolischer Triumph, sondern auch ein strategisch wichtiger Sieg, durch den Rom seine Macht und seinen Einfluss in einer Region festigen konnte, die lange als bastionartig gegen die Expansion westlicher Mächte gegolten hatte. Die Etablierung römischer Verwaltungsstrukturen in den eroberten Gebieten demonstrierte zudem Roms Absicht, diese Territorien langfristig zu integrieren und wirtschaftlich zu nutzen.

Allerdings gab es signifikante Risiken und Herausforderungen, die mit den militärischen Erfolgen einhergingen. Historiker wie Cassius Dio und Plinius der Jüngere schildern die zunehmenden Schwierigkeiten, vor denen die römischen Legionen standen. Ein bedeutender Faktor war der gut organisierte und hartnäckige Widerstand der Einheimischen, die zu guerillaartigen Taktiken übergingen und so die römischen Kommunikations- und Nachschublinien erheblich störten. Dies führte nicht nur zu taktischen Rückschlägen, sondern belastete auch die moralische Ausdauer der Truppen.

Der Versuch, Mesopotamien in den römischen Wirkungskreis endgültig einzugliedern, war ebenso eine erhebliche wirtschaftliche Belastung für das Reich. Die Kosten des Feldzuges, die Versorgung der Truppen sowie der Auf- und Ausbau der lokalen Infrastruktur stellten eine nicht zu unterschätzende finanzielle Herausforderung dar. Diese Ressourcenbindung lenkte wirtschaftliche und administrative

Aufmerksamkeit von anderen Teilen des Reiches ab und schuf langfristige finanzielle Engpässe. Hierbei steht die widersprüchliche Rückmeldung der wirtschaftlichen Effizienz in den neugewonnenen Provinzen im klaren Verhältnis zu den militärischen Anstrengungen und Rückschlägen.

Ein weiterer Punkt in der Bilanz ist die diplomatische Bewertung des Kampagnenverlaufs. Auch wenn die militärische Eroberung anfangs Eindruck hinterließ, schwächte der notwendige Rückzug aus den eroberten Gebieten, ausgelöst durch den massiven Gegendruck und die interne Instabilität des Reiches, Roms Prestige unter den Anrainern und rivalisierenden Mächten. Der unfreiwillige Rückzug wurde als Verlust an Stärke wahrgenommen und gestattete dem Partherreich, bald wieder die Kontrolle über das verlorene Territorium zu gewinnen, was auf politischer Ebene eine Ernüchterung bedeutete.

Zusammenfassend lässt sich sagen, dass Trajan mit seinem Feldzug gegen die Parther zwar kurzfristig bedeutende militärische Erfolge erreichte und damit sein persönliches Prestige stärkte, jedoch die langfristigen Folgen für das Römische Reich teils problematisch waren. Die ereilte Einsicht, dass das Bestreben, den Osten zu sichern, nach strategischer Neujustierung verlangte, untermauerte die Komplexität und das hohe Risiko, das mit überhasteten Expansionen einhergeht. „Historisierende Stimmen", so bemerkt es auch der Althistoriker Fergus Millar, „bekräftigen, dass dieser

Feldzug ein hochriskantes und ökonomisch ineffizientes Unterfangen war, das die Grenzen römischer Expansionspolitik aufzeigte."

Langfristige Folgen: Der Partherfeldzug in der römischen und partischen Geschichte

Der Partherfeldzug unter Kaiser Trajan markiert eine bedeutsame Phase in der römischen sowie in der partischen Geschichte. Die Auswirkungen dieses militärischen Unterfangens erstreckten sich weit über die unmittelbaren Ereignisse hinaus und prägten sowohl die Entwicklungen im Römischen Reich als auch im Partherreich über Jahrzehnte hinweg. Die ambitionierte Kampagne, die Trajan in seiner Rolle als eines der mächtigsten Kaiser der römischen Geschichte unternahm, hinterließ tiefe und nachhaltige Veränderungen in der geopolitischen Landschaft der Antike.

Trajans Feldzug gegen das Partherreich, eine der einflussreichsten Mächte im Osten, zielte auf die Ausweitung der römischen Grenzen und die Demonstration imperialer Macht ab. Obwohl der kurzfristige Erfolg des Feldzuges unbestritten ist, war seine langfristige Wirksamkeit für Rom weniger eindeutig. Einer der bleibendsten Einflüsse des Feldzugs war die vorübergehende Besetzung Mesopotamiens, das erstmals zur römischen Provinz erklärt wurde. Diese Besetzung zeigte sowohl die militärische Stärke Roms als auch die Herausforderungen der dauerhaften Kontrolle solcher entlegener Gebiete auf. Wie Cassius Dio feststellte, „waren diese Eroberungen mehr von kurzer Dauer als von tatsächlicher Kontrolle geprägt" (Cassius Dio, Römische Geschichte, Band 68).

In römischer Hinsicht hatte der Feldzug tiefgreifende Implikationen in der militärischen und politischen Landschaft. Zum einen führte er zur Entwicklung ausgefeilterer militärischer Taktiken speziell für den Guerillakrieg, der durch die partischen Widerstandsaktivitäten nötig geworden war. Zum anderen wirkte er sich auf die römische Finanzpolitik aus, da die enormen Kosten der militärischen Unternehmungen zu kritischen Überlegungen über die finanzielle Nachhaltigkeit von Kriegen führten.

Langfristig zeichnete sich der Partherfeldzug als Katalysator für die künftigen Beziehungen zwischen Rom und den östlichen Mächten ab. Dabei ist besonders zu betonen, dass die römischen Bestrebungen zur Grenzfestigung und Kontrolle der Handelsrouten am Euphrat und Tigris über den Feldzug hinaus Bestand hatten. Diese Handelsrouten waren entscheidend für den wirtschaftlichen Wohlstand und sind ein Beleg für den nachhaltigen Einfluss der im Zuge des Feldzuges in Mesopotamien errichteten Infrastrukturen, einschließlich Straßen und Kommunikationswegen.

Auf das Partherreich übte der römische Einfall ebenfalls weitreichende Effekte aus. Zwar gelang es den Parthern kurz nach Trajans Tod, viele der verlorenen Gebiete zurückzuerobern, jedoch war das Selbstverständnis des Reiches als unbesiegbarer Puffer gegen den Westen einmal erschüttert. Diese Schwächung der innenpolitischen Stabilität begünstigte in den folgenden Jahren die Wiederauflebung internaler Machtkämpfe und eine erhöhte Unsicherheit innerhalb der Führungsschichten des Partherreichs.

Der Partherfeldzug hatte zudem kulturelle Effekte, die in der Anregung eines stärkeren Austausches zwischen den Kulturen des Westens und des Orients ihren Ausdruck fanden. Die kurze römische Präsenz hinterließ Spuren in der archäologischen und kulturellen Landschaft der Region, wie durch diverse Funde von römischen Artefakten und architektonischen Einflüssen bezeugt. Diese kulturellen Synergien legten die Grundlagen für später folgende Interaktionen zwischen den beiden alten Reichen, die nicht immer durch Konfrontation, sondern zunehmend auch durch Handel und diplomatischen Austausch gekennzeichnet waren.

Unter dem Strich bleibt Trajans Partherfeldzug ein zweischneidiges Schwert in der Geschichte der Antike: Einerseits ein Zeugnis bemerkenswerter römischer militärischer Macht und andererseits ein Beispiel für die Herausforderungen, die mit groß angelegten imperialen Ambitionen verbunden sind. Trotz des begrenzten Erfolges in politischer und territorialer Hinsicht war der Feldzug ein Wendepunkt, der die historischen Beziehungen zwischen Rom und Parthien grundlegend prägte. Die Lektionen, die aus diesem Konflikt gezogen wurden, hallten noch weit in die Zeit nach Trajans Tod nach und fügten dem geschichtlichen Verständnis von Herrschaft, Macht und der Natur imperialer Expansion neue Perspektiven hinzu.

Trajans persönliches Erbe aus dem Feldzug: Ruhm oder Bürde?

Die Frage nach dem persönlichen Erbe, das Kaiser Trajan aus dem Partherfeldzug zog, ist eine vielschichtige und kontrovers diskutierte Angelegenheit. Während die militärischen Kampagnen im Osten durchaus territoriale Errungenschaften und ein vorübergehendes Eindringen in das Herz des Partherreiches zur Folge hatten, bleibt die Bewertung von Trajans Vermächtnis aus diesem Feldzug jedoch zwiespältig. Diese Diskrepanz zwischen Ruhm und potenzieller Bürde bildet den Kern der Untersuchung seines persönlichen Erbes.

Zunächst dient der Partherfeldzug als eine Erweiterung von Trajans Ambitionen und seiner Vision eines erneuerten, mächtigen Rom. Sein Ziel war es, Rom als führende mediterrane Macht weiter zu festigen, indem er die über Jahrhunderte bestehende Rivalität mit den Parthern in eine weitreichende römische Domäne verwandelte. Der Sieg über das Partherreich sollte sich nicht nur als territorialer, sondern auch als prestigeträchtiger Erfolg ausweisen, der Trajans Ruf als unvergleichlicher Eroberer untermauerte. Lucius Tacitus erwähnt in seinen Annalen: „Kein Herrscher seit Caesar vermochte so weit im Osten seinen Fußabdruck zu hinterlassen." Diese Anerkennung verdeutlicht die weitreichende Anerkennung der Feldzüge zur damaligen Zeit.

Trotz der Behauptung seines militärischen Ruhmes lag in den fortwährenden Herausforderungen des Feldzuges die potenzielle Bürde. Die geografische Ausdehnung des Römischen Reiches über Mesopotamien hinaus brachte eine logistische und strategische Schwäche mit sich, da das Reich sich auf lange und verwundbare Versorgungsleitungen stützen musste. Das Guerrilla-Gegenwehr in den neuen eroberten Gebieten und mangelnde politische Stabilität erwiesen sich als ernsthafte Probleme. Edward N. Luttwak beschreibt in seinem Werk „The Grand Strategy of the Roman Empire" dieses strategische Dilemma als eine „Verlagerung mit hohem Risiko", die das Ziel hatte, das Reich über seine kapazitiven Grenzen hinaus zu expandieren.

Zudem divergierten die Erwartungen und der tatsächliche Nutzen des Feldzugs. Die Sicherung von Ländereien im Osten stellte sich auf Dauer als nicht nachhaltig heraus. Der rasche Rückzug nach Trajans Tod zeigte, dass die römische Verwaltung und militärische Präsenz in diesen neuen Gebieten nicht gefestigt war. Plinius der Jüngere, ein enger Zeitgenosse Trajans, fasste diese Schwäche in seinen Briefen zusammen: „Ein Reich muss nicht nur durch die Stärke des

Imperators gehalten, sondern durch die Einwilligung des Volkes getragen werden."

Sein Nachfolger Hadrian erkannte den prekären Zustand der Eroberungen und entschied, die Grenzen auf das zu reduziert, was wirklich kontrollierbar war, was klar auf die territoriale Überdehnung hinweist, die Trajans Feldzug mit sich brachte. Der Rückzug aus den mesopotamischen Gebieten, offiziell als diplomatische Geste betrachtet, stand vielmehr für ein Eingeständnis der Schwierigkeit, in entfernten eroberten Regionen dauerhafte Herrschaftsstrukturen zu etablieren.

In der Nachbetrachtung mag Trajans Partherfeldzug sowohl als Beispiel für altüberkommenen imperialen Ehrgeiz als auch den unvermeidlichen Preis einer solchen Ambition gelten. Sein persönliches Vermächtnis aus diesem Feldzug wird sowohl durch eine beeindruckende Liste von Eroberungen als auch durch die inhärenten Belastungen, die er dem Reich auferlegte, geprägt. Während seine Taten noch heute in der Geschichte gerühmt werden, bleibt die Frage offen, ob der Ruhm über die praktischen Grenzen seiner Politik triumphieren konnte oder aber die Bürde einer überdehnten Macht demonstriert wurde.

Trajans Vermächtnis: Tod und Nachfolge einer Ära

Der letzte Feldzug: Trajans Niedergang

Der letzte Feldzug von Trajan, der sich gegen die Parther richtete, war zugleich die Schlussetappe in einem Leben des militärischen Glanzes und der politischen Ambitionen. Dieser Feldzug begann mit großen Hoffnungen und einem beeindruckenden Tross an Soldaten, Offizieren und Versorgungsgütern. Das Ziel war, die bisher unbesiegten Parther endgültig zu unterwerfen und die römische Dominanz bis weit in den Osten auszudehnen. Doch wie so viele ambitionierte militärische Unternehmungen erwiesen sich die Herausforderungen in der Realität als gewaltiger, als es jede Planung hatte absehen können.

Trajan, getrieben von seinem Drang nach Ruhm und seiner Vision eines unangefochtenen römischen Imperiums, hatte den Partherfeldzug im Jahr 113 n. Chr. begonnen. Nachdem er Mesopotamien erobert hatte, erreichte er die Stadt Ktesiphon, die daraufhin kollabierte und sich den Römern unterwarf. Zu diesem Zeitpunkt schien die Eroberung eine neue Blütezeit der Pax Romana einzuläuten. Doch die lang gezogenen Versorgungslinien und das unwegsame Gelände der ostprovinzen stellten bald eine erhebliche Belastung für die römische Armee dar.

Die Situation verschärfte sich durch unvorhergesehene Aufstände in den eroberten Gebieten, die an der römischen Vorherrschaft rüttelten. Bedingt durch diese ständigen Meinungsverschiedenheiten zwischen den lokalen Herrschern und dem römischen Militär, musste Trajan nicht nur seine strategischen Pläne überdenken, sondern auch oftmals auf diplomatische Mittel zurückgreifen, die weniger seinen Vorstellungen von Herrschaft entsprachen.

Im Frühjahr 117 n. Chr. zeichneten sich die ersten Anzeichen körperlicher Erschöpfung bei dem Kaiser ab. Die Strapazen des Feldzuges, kombiniert mit dem Druck der Rückeroberungen, forderten ihren Tribut an Trajans Gesundheit. Cassius Dio beschreibt in seinen Schriften, dass Trajan „vom Leid seiner Reisen niedergedrückt, von der Enttäuschung seiner Rückschläge gequält wurde." [1] Die Krankheiten, die Trajan ereilten, wurden schnell zu einem ernsthaften Gesundheitsproblem. Veraltete medizinische Mittel konnten dem fortwährenden Kräfteverfall des Kaisers nur bedingt entgegenwirken.

Gegen Ende seiner Bewegung in die Tiefen Mittelasiens erkannte Trajan, dass seine Ambitionen zunehmend unerfüllbar wurden. Die Notwendigkeit, ein starkes, verfügbares

Nachfolgemodel sicherzustellen, trat in den Vordergrund. Sein sonst so ausgeprägter Wille zur Eroberung wurde durch das Bewusstsein seiner eigenen Sterblichkeit moderiert. Dieses letzte Aufbäumen symbolisierte nicht nur das Ende seiner Feldzüge, sondern gleichermaßen den Übergang in eine neue Ära innerhalb des römischen Imperiums.

Der Rückzug und die plötzliche Notwendigkeit, die neu gewonnenen Gebiete abzugeben, minderten seinen Glanz vorübergehend in den Augen einiger seiner Berater. Doch Trajan blieb standhaft in seinem Bemühen, sein Lebenswerk zu sichern, und plante erste Schritte zur Nachfolge.

Wie wir in den nachfolgenden Kapiteln näher untersuchen werden, ist Trajans letzte Feldzug nicht nur als ein persönlicher, sondern als ein geopolitischer Wendepunkt zu betrachten, der die nachfolgenden Ereignisse maßgeblich beeinflussen sollte – von der Rückkehr nach Rom bis zu den testamentarischen Vorkehrungen und der Rolle Hadrians.

In der Betrachtung der Geschichte bleibt Trajan als der Kaiser in Erinnerung, der trotz Widerständen den Mut hatte, über die bekannten Grenzen hinauszugehen, selbst wenn die vollständige Kontrolle über sein Vermächtnis bis zum Ende vertraut blieb.

[1] Cassius Dio, Römische Geschichte, Band 68, Abschnitt 28.

Die Rückkehr nach Rom: Letzte Tage des Kaisers

Die prägenden letzten Tage von Kaiser Trajan, dem angesehenen Herrscher des Römischen Reiches, markieren nicht nur das Ende eines beachtenswerten politischen Lebens, sondern auch den Beginn einer Ära des Nachdenkens und der Reflexion über die Errungenschaften dieses außergewöhnlichen Herrschers. Nach seiner erfolgreichen, aber anstrengenden Herrschaft, die mit militärischen Triumphen wie den Dakerkriegen und dem Partherfeldzug geprägt war, strebte Trajan nach einer Rückkehr in die Ewige Stadt, Rom. Diese letzte Reise, die er als kaiserlicher Triumphzug hätte erleben können, wurde von einem gesundheitlichen Rückschlag begleitet, der die endgültige Rückkehr verhinderte.

Um die Bedeutung dieser Rückkehr zu verstehen, müssen wir Trajans Beziehung zu Rom näher betrachten. Rom war für Trajan nicht nur der Mittelpunkt seines Reiches, sondern auch das Symbol seiner Herrschaft und der Leistungen, die er als Kaiser erbracht hatte. Er war sich der Bedeutung Roms als politisches und kulturelles Zentrum bewusst und hatte, während seiner gesamten Regierungszeit, in Projekte investiert, die seine Liebe zur Stadt und ihrem Erbe widerspiegelten. Der Bau der Trajanssäule, die Errichtung des Trajansforums sowie die Integration zahlreicher architektonischer Meisterwerke stellten bleibende Zeugnisse seines

Bestrebens dar, Rom im Glanz seiner Architektur widerzuspiegeln.

Die Rückkehr nach Rom im Jahre 117 n. Chr. war jedoch von einer drückenden Schwächung und dem allgemeinen körperlichen Niedergang Trajans überschattet, die sich vor allem auf seiner Rückreise aus dem Osten voll manifestierten. Laut Cassius Dio, einem der angesehensten Historiker der damaligen Zeit, litt Trajan während dieser Reise zunehmend unter gesundheitlichen Problemen. Er berichtet in seinen „Römischen Geschichten": „Als er [Trajan] die Nachricht von seinem eigenen kritischen Zustand vernahm, bereitete er sich innerlich auf die letzten Schritte seines irdischen Daseins vor." (Cassius Dio, Römische Geschichte, Buch 68).

Die letzten Etappen von Trajans Reise wurden immer beschwerlicher und verlangten nach häufigen Pausen, die der kranke Kaiser einlegen musste, bevor er schließlich in die Stadt Selinunt in Kilikien (im heutigen Südwesten der Türkei) gebracht wurde. Die Stadt war aufgrund ihrer strategischen Lage und aufgrund der klimatischen Bedingungen ein idealer Ort für Trajans letzte Tage. Trajans Gemahlin, Plotina, und sein Cousin Hadrian, dessen Rolle im nächsten Unterkapitel detailliert beleuchtet wird, waren in dieser Zeit eng an seiner Seite, um ihm sowohl emotionalen als auch politischen Beistand zu leisten.

In einem bewegenden, letzten Ausblick auf sein Leben und Wirken ließ Trajan keinen Zweifel daran, dass seine Gedanken stets bei Rom waren, auch wenn er es nicht mehr lebendig sehen konnte. Seine Krankheit gestattete es ihm nicht, Rom ein letztes Mal zu betreten, und er starb schließlich in Selinunt.

Die Rückkehr nach Rom, die so viele große Erwartungen geweckt hatte, blieb ihm schließlich versagt. Dennoch stand diese Phase symbolisch für den Abschluss einer Ära und verkörperte die unauslöschliche Spur, die Trajan im Reich hinterlassen hatte. Trajan hatte erfolgreich den römischen Einflussbereich an die äußersten Grenzen der bekannten Welt erweitert und während seiner Abstinenz vom Herzen des Reiches stets die Interessen Roms gefestigt. Nach seinem Tod hinterließ er eine Erbschaft, die weit über seine territorialen Eroberungen hinausging und das römische Imperium nachhaltig prägte. Die politischen, sozialen und kulturellen Auswirkungen seines Lebens werden in den folgenden Kapiteln in ihrer vollen Komplexität detailliert behandelt.

Ursachen und Umstände von Trajans Tod

Der Tod eines Kaisers in der römischen Antike war stets ein Ereignis von immens politischer wie gesellschaftlicher

Bedeutung. Im Falle von Kaiser Trajan, dessen Regierungszeit von 98 bis 117 n. Chr. ein Glanzlicht in der römischen Geschichte darstellt, waren die Ursachen und Umstände seines Todes von besonderer Relevanz. Diese trugen entscheidend zur Gestaltung seiner Nachfolge und zur Definition seines Vermächtnisses bei.

Zu Beginn des Jahres 117 n. Chr., während des Partherfeldzugs, dem letzten bedeutenden Feldzug Trajans, befand sich der Kaiser bereits gesundheitlich angeschlagen. Die Strapazen einer militärischen Kampagne im Osten des Reiches, verbunden mit dem fortschreitenden Alter, erforderten ihren Tribut. Historischen Quellen zufolge, darunter auch die Berichte von Cassius Dio, begann die Gesundheit Trajans ernsthaft zu schwanken. Er litt unter körperlicher Erschöpfung und einer nervlichen Belastung, die durch die kriegsbedingten Herausforderungen verschärft wurde.

Ein weiteres belastendes Element war die klimatische Umstellung. Ein ausgedehnter Aufenthalt im feuchten, heißen Klima des Mesopotamien könnte den gesundheitlichen Verfall beschleunigt haben. Plinius der Jüngere, ein Zeitgenosse Trajans, beschreibt, wie der Kaiser von einem Fieber heimgesucht wurde, das trotz der Bemühungen seiner Ärzte nicht einzudämmen war. Ferner sind Berichte über einen möglichen Schlaganfall im Umlauf, der Trajan während seines Aufenthaltes in Kilikien ereilt haben soll, wie der Historiker Edward Gibbon in seiner „Geschichte des Verfalls und Untergangs des Römischen Reiches" anmerkt.

Nachdem klar wurde, dass sich seine Heilungschancen nicht besserten, trat Trajan die Rückreise nach Rom an. Allerdings überlebte er die Heimfahrt nicht. Am 9. August 117 n. Chr. verstarb er in Selinus in Kilikien, welches später zu seinen Ehren den Namen Trajanopolis erhielt. Die genauen medizinischen Ursachen seines Todes bleiben bis heute Gegenstand von Spekulationen und wissenschaftlichen Untersuchungen. Der Umstand, dass Trajan ohne offizielle Anwesenheit in der Hauptstadt starb, war nicht unüblich, jedoch war die Ungewissheit über die konkreten Hintergründe seines Todes Stoff für Gerüchte und Spekulationen im gesamten Imperium.

Auch der frühe Tod Trajans, im Alter von 63 Jahren, wirft Fragen auf, die sich mit der Diagnose von chronischen Krankheiten wie Diabetes oder Vaskulären Leiden auseinandersetzen. Neuere medizinisch-historische Studien, basierend auf bekannten Symptomen aus literarischen Quellen, kommen zum Schluss, dass neben dem Schlaganfall auch HerzKreislauf-Erkrankungen nicht ausgeschlossen werden können.

Die politischen Konsequenzen von Trajans Tod waren ebenso bedeutend wie die Umstände seines Ablebens. In einer Zeit ohne moderne Kommunikationsmittel musste die Nachricht von seinem Ableben über militärische und administrative Boten weitergeleitet werden, ein Prozess, der politisches Kalkül und strategische Planung verlangte. Trajans ableben bedeutete einen Wendepunkt im römischen Machtgefüge. Seine Nachfolge, die durch Hadrian angetreten wurde, markierte einen entscheidenden Übergang, dessen Einfluss langfristig auf die römische Herrschaftsstruktur einwirkte.

Das allgemein als lückenlos angepriesene System der Nachfolgeregelung im Prinzipat erfuhr durch Trajans Tod eine kritische Prüfung. Obwohl Hadrian vermutlich von Trajan adoptiert wurde, wie die meisten Historiker, darunter Anthony R. Birley in „Hadrian: Der rastlose Kaiser", postum behaupteten, bleibt das konkrete Szenario seiner Ernennung umstritten. Die letzten Tage Trajans und die Art seiner Ernennung von Hadrian, die angeblich unter der Leitung von Kaiserin Plotina erfolgten, verraten viel über das zwischenmenschliche Geflecht innerhalb des römischen Machtapparates.

Das Vermächtnis von Trajans Tod reicht also weit über das Ende seines eigenen Lebens hinaus. Es verkürzt sich nicht nur auf die medizinischen Fragen und die politischen Taktiken zur Sicherung der Nachfolge, sondern öffnet auch ein Fenster zu den sozialen und kulturellen Praktiken seiner Zeit, die auf ihren Fortgang in einer der bedeutendsten Hochkulturen der Weltgeschichte Einfluss hatten. Seine posthume Vergöttlichung, die unmittelbare Reaktion auf seinen Tod und die dynastische Kontinuität zeugen von der nachhaltigen Wirkung seiner Herrschaft im antiken Rom.

Trajans testamentarische Vorkehrungen

Kaiser Trajan wird nicht nur als einer der erfolgreichsten Kaiser Roms in Erinnerung behalten, sondern auch als ein Herrscher, der weitsichtige Vorsorge für seine Nachfolge getroffen hat. Seine testamentarischen Vorkehrungen spiegeln seinen pragmatischen Geist und sein Verantwortungsbewusstsein wider. Obwohl die genauen Details seines Testaments nicht vollständig überliefert sind, bieten historische Quellen Einblicke in seine Bemühungen, eine stabile Übergabe der Macht zu gewährleisten.

Nach den glanzvollen Jahren seiner Herrschaft sah sich Trajan vor der Herausforderung, seine Errungenschaften und Reformen für die Zukunft zu sichern. Angesichts seines zunehmenden Alters und der gesundheitlichen Rückschläge, die ihn während seines letzten Feldzuges im Osten erschütterten, war es unerlässlich, dass er Vorkehrungen traf, um Rom über seinen Tod hinaus Stabilität zu gewährleisten. Die Vermeidung eines Machtvakuums war für die fortdauernde Sicherheit des Reiches von zentraler Bedeutung.

Die erste und wohl bedeutendste testamentarische Verfügung Trajans betraf die Ernennung seines Nachfolgers. In der römischen Geschichte ist es eher eine Seltenheit, dass

Kaiser einen klaren Nachfolger benennen konnten, doch es ist überliefert, dass Trajan Hadrian bereits seit Längerem als seinen potentiellen Nachfolger betrachtet hatte. Hadrian, sein Neffe und Adoptivsohn, hatte sich in den Jahren als fähiger General und geschickter Administrator bewiesen. Trajan erkannte Hadrians Potential und seine Fähigkeit, sowohl die militärischen als auch die innenpolitischen Herausforderungen des Reiches zu bewältigen. Trotz mancher Widerstände in seinem Umfeld bereitete er Hadrian auf die Nachfolge vor, eine Entscheidung, die sich letztlich als weise erweisen sollte.

Zusätzlich zu der Nachfolgeregelung richtete Trajan sein Augenmerk auch auf finanzielle und administrative Angelegenheiten des Reiches. Er veranlasste eine detaillierte Überprüfung der Staatsfinanzen, damit Hadrian ein umfassendes und klares Bild von der ökonomischen Lage des Reiches nach seinem Tod erhalten konnte. Diese vorrausschauende Planung war ein wesentlicher Bestandteil seiner Vorkehrungen und reflektiert Trajans Verpflichtung zur Kontinuität und Nachhaltigkeit. Ein bedeutendes Dokument, das diese Absichten belegt, ist der Bericht des Historikers Cassius Dio, welcher beschreibt, wie sorgfältig und akribisch Trajan in den letzten Jahren seiner Herrschaft die Staatsausgaben überwachte.

Kaiser Trajans Maßnahmen zur Absicherung seines Erbes waren auch von einer bewusst beibehaltenen diplomatischen Ordnung geprägt. Durch Allianzen und Friedensvereinbarungen, wie jene mit den Parthern, versuchte er, mögliche außenpolitische Unruhen nach seinem Ableben zu minimieren. Trajan legte großen Wert darauf, dass seine Nachfolger auf stabilen diplomatischen Beziehungen aufbauen konnten. Dion von Prusa und Plinius der Jüngere, beides Zeitzeugen Trajans, berichten in ihren Schriften von den diplomatischen Missionen, die während seiner Regentschaft ins Leben gerufen wurden, um die politischen Fronten zu klären.

Zusammenfassend lässt sich sagen, dass Trajan mit seinen testamentarischen Vorkehrungen einen entscheidenden Beitrag zur Stabilität und Kontinuität des Römischen Reiches über seinen Tod hinaus geleistet hat. Diese Vorkehrungen spiegeln nicht nur seine staatsmännische Weisheit wider, sondern auch seine Fähigkeit, künftige Herausforderungen zu antizipieren und zu lenken. In der Nachfolge durch Hadrian und der konsequenten Umsetzung seiner Vorsätze zeigt sich, wie bedeutend seine testamentarischen Bestimmungen für das Fortbestehen seiner politischen und kulturellen Errungenschaften waren.

Die Rolle Hadrians bei der Nachfolge

Die Nachfolgefrage nach dem Tod eines Kaisers stellte im Römischen Reich immer ein bedeutendes und oftmals heikles Thema dar. Besonders an Trajans Tod und seiner

Nachfolge war die Rolle, die Hadrian einnahm, bemerkenswert. Hadrian, der als Kaiser die Nachfolge Trajans antrat, war ein Charakter von beeindruckender Schärfe und politischen Fähigkeit. Ein Blick auf seine Rolle bei der Nachfolge Trajans offenbart sowohl seine strategische Kompetenz als auch den politischen Druck der damaligen Zeit.

Die historischen Quellen, darunter die "Historia Augusta", zeichnen ein komplexes Bild von Hadrians Aufstieg zum Kaiser. Er war eng mit Trajans Familie verbunden und als Jugendlicher von Trajans Schwiegereltern adoptiert worden. Diese familiäre Nähe zu Trajan legte den Grundstein für seine spätere Karriere. Als einer von Trajans Vertrauten begleitete Hadrian ihn auf mehreren Feldzügen, darunter der Partherfeldzug. Dies verschaffte ihm nicht nur militärische Erfahrungen, sondern auch persönliche Nähe zu Trajan, was seine Position als Nachfolger stärkte.

Ein entscheidender Faktor in Hadrians Machtübernahme war die Unterstützung seiner Gattin Plotina und Trajans Schwester Marciana. Diese einflussreichen Frauen waren Schlüsselfiguren bei der Absicherung von Hadrians Thronanspruch. Historiker sind sich einig, dass diese familiären Bande und die Unterstützung durch weibliche Mitglieder des Kaiserhauses entscheidend für Hadrians Bestellung zum Nachfolger waren. Auch der Senator Lucius Licinius Sura, einer der mächtigsten und einflussreichsten Männer in Rom, spielte eine prominente Rolle, um Hadrians Position zu festigen.

Die Legitimität von Hadrians Nachfolge wurde durch eine posthume Adoption durch Trajan untermauert. Es gibt jedoch Diskussionen, ob die Adoption tatsächlich zu Lebzeiten Trajans oder erst nach dessen Tod inszeniert wurde. Cassius Dio berichtet in seiner "Römischen Geschichte", dass die Adoption möglicherweise erst nach Trajans Tod durch Plotina bekanntgegeben wurde, als Trajan bereits erkrankt war, was die Frage der Authentizität aufwarf. Diese Erzählungen weisen auf die politischen Ränkespiele hin, die in der römischen Kaiserzeit keine Seltenheit waren.

Die Übernahme der Kaiserherrschaft durch Hadrian vollzog sich letztlich ohne größeren Widerstand. Binnen weniger Tage nach dem Tod Trajans wurde Hadrian vom römischen Senat als neuer Kaiser bestätigt, ein Beweis für seine zuvor gesicherten Unterstützungen innerhalb der Machtstrukturen Roms. Nichtsdestotrotz war Hadrian sich bewusst, dass er seine Legitimität ständig unter Beweis stellen musste. Seine ersten Maßnahmen als Kaiser dienten daher sowohl der Sicherung der Grenzen als auch der Beruhigung innerer Spannungen im Reich.

Die Ermächtigung Hadrians leitete eine neue Ära der Konsolidierung und der kulturellen Blüte ein. Seine Herrschaft sollte durch diplomatische Geschicklichkeit und architektonische Meisterwerke wie die Hadriansmauer und die Villa Adriana in Tivoli gekennzeichnet werden. Trotz möglicher Kontroversen über die Modalitäten seiner Nachfolge blieb

Hadrian in der Nachbetrachtung ein Kaiser, der weitreichenden Einfluss auf die weitere Entwicklung des römischen Imperiums nehmen sollte.

Zusammengefasst spiegelt die Übernahme der Kaiserschaft durch Hadrian sowohl die Komplexität der politischen Netzwerke im antiken Rom als auch die Notwendigkeit wider, Macht mit Geschick, Taktik und gelegentlicher Intrige zu sichern. Hadrians Rolle bei der Nachfolge Trajans ist ein faszinierendes Beispiel für den Übergang von persönlicher Nähe und Protektion hin zu politischer Macht und zeigt die Fäden dynastischer Politik zur Zeit des Römischen Reiches eindrucksvoll auf.

Trajans posthumer Ruf und die Vergöttlichung

Der Tod des Kaisers Trajan im Jahr 117 n. Chr. markierte das Ende einer bemerkenswerten Herrschaftsperiode in der Geschichte des Römischen Reiches. Doch während sein physisches Dasein endete, begann sein geistiges und symbolisches Erbe gerade erst, sich zu entfalten. Einer der faszinierendsten Aspekte seines Vermächtnisses ist der posthume Ruf, den er sich bewahrte, sowie der Prozess seiner Vergöttlichung. In diesem Unterkapitel untersuchen wir die Gründe für seine anhaltende Verehrung und wie sein Amt sowohl in der römischen Erinnerungskultur als auch in der Staatsreligion verankert wurde.

Der Prozess der Vergöttlichung, auch bekannt als Apotheose, war im antiken Rom ein Mittel zur Erhöhung bedeutender Persönlichkeiten des Staates. Diese Praxis, die Augustus erstmals etablierte, stabilisierte den Eindruck eines idealisierten Herrschers und diente als ein machtvolles Instrument zur Legitimation der kaiserlichen Dynastie. Trajan, der zu Lebzeiten als Imperator Optimus, der "beste Herrscher", bekannt war, erfuhr diese Ehre unmittelbar nach seinem Tod. Die römische Bevölkerung und der Senat, von den Siegen und der aufrichtigen Verwaltung des Reiches beeindruckt, bezeugten bald die offizielle Aufnahme Trajans in den Stand der Götter.

Ein wesentlicher Bestandteil des posthumen Rufs Trajans war seine Rolle als gerechter und erfolgreicher Krieger-Kaiser. Der Geschichtsschreiber Cassius Dio lobte ihn als unermüdliche Führungsfigur, deren Eroberungen und Friedenspolitik beispielhaft waren: "Was alle Trefflichkeit vereint, dies war Trajan, der in Schlachten wie festlichen Hallen gleichermassen geschätzt wurde" (Cassius Dio, Römische Geschichte, Buch LXVIII). Diese charakterlichen Tugenden wurden insbesondere im Vergleich mit den tendenziell tyrannischen Neigungen seiner Vorgänger wie Domitian hervorgehoben.

Der verstärkte militärische Einfluss, den Trajan erlangte, war zudem von entscheidender Bedeutung für seine

Nachwelt. Die von ihm vorangetriebenen Dakerkriege und die Erweiterung der Grenzen des Reiches hinterliessen einen bleibenden Eindruck von Stärke und Expansion, was nach ihm kaum ein Kaiser wiederholen konnte. Sein Erfolg als zuversichtlicher Feldherr trug dazu bei, dass spätere Herrscher ihn als Maßstab nahmen, um ihre eigene Legitimität zu untermauern.

Im römischen Pantheon war Trajans Vergöttlichung von großer politischer Bedeutung. Die Apotheose bot dem Reich eine Möglichkeit zur kulturellen Kontinuität und stärkte den Kult um den Kaiser. Monumente, Tempel und Statuen wurden zu seinen Ehren errichtet, um sowohl seinen militärischen als auch seinen zivilen Errungenschaften zu gedenken. Im Laufe der Zeit wurden Zeremonien, insbesondere in den Provinzen, abgehalten, die Trajans Verdienste in Erinnerung riefen und seine jugendliche Energie verherrlichten.

Besondere Erwähnung verdient in diesem Zusammenhang auch die berühmte Trajanssäule, die in Rom zu Ehren seiner Siege in den Dakerkriegen errichtet wurde. Dieses ikonische Monument nicht nur illustrierte, sondern verfestigte Trajans posthumen Ruhm in Stein gemeißelt und wurde ein andauerndes Symbol für römische Exzellenz und Mehrstadt. Wie der Historiker Augustus R. Francis in seinem Werk "The Roman Leader: Power and Legacy" beschreibt, ist die Säule "ein Findling der Erinnerung, der den Betrachter in die Höhe und Weite der kaiserlichen Ambitionen versetzt" (Francis, 2023).

Kurzum, Trajans posthumer Ruf und seine Vergöttlichung sind eng verwoben mit der kollektiven Erinnerung des Römischen Reiches. Die Anerkennung seiner Verdienste stellt nicht nur ein Ehrung seiner historischen Errungenschaften dar, sondern spiegelt auch den anhaltenden Einfluss, den er im Bewusstsein der römischen Gesellschaft hatte. Die Betrachtung seines Nachruhms bietet somit nicht nur Einblick in seine Person, sondern auch in ein Reich, das in seinen Herrschern nach Leitbildern suchte, deren Tugenden Leben und Vorbild für künftige Generationen sein konnten.

Die Bedeutung Trajans für die römische Nachwelt

Eine der bedeutendsten Hinterlassenschaften Kaiser Trajans für die römische Nachwelt ist ohne Zweifel seine beispiellose militärische und politische Expansion, die das Römische Reich auf seine größte territoriale Ausdehnung brachte. Doch die Bedeutung seines Wirkens reicht weit über die rein geografische Erweiterung hinaus. Trajan schuf durch seine Herrschaft ein Modell der imperialen Verwaltung und Integration, das seine Nachfolger nachhaltig beeinflusste und eine stabile Basis für das Reich sicherte.

Trajan war weit mehr als ein Eroberer. Seine Regentschaft war geprägt von einer pragmatischen Herangehensweise an die Regierungsführung und einem tiefen Verständnis für die römische Kultur und Gesellschaft. Er pflegte regen Kontakt zu führenden Intellektuellen seiner Zeit, darunter der Historiker Tacitus und der Politiker und Schriftsteller Plinius der Jüngere, der Trajan in vielen seiner Briefe lobte. Plinius schilderte Trajan als Beispiel staatsmännischer Tugend und bezeichnete ihn als "den Besten der Kaiser". Diese enge Verbindung zur intellektuellen Elite Roms trug entscheidend dazu bei, dass Trajans politische und administrative Maßnahmen nicht nur auf Zustimmung stießen, sondern auch über Generationen hinweg in Erinnerung blieben.

Trajan legte den Fokus auf den Ausbau der Infrastruktur, die sowohl Rom als auch die Provinzen stärkte und langfristig zur Vereinheitlichung des riesigen Imperiums beitrug. Straßen, Brücken und Städte, die unter Trajans Herrschaft gebaut wurden, förderten den Handel und die Verbreitung römischer Kultur und ermöglichten eine effizientere Kommunikation und Verteidigung innerhalb des Reiches. Eine der ikonischen Bauwerke dieser Ära, die Trajanssäule, steht bis heute als Symbol für römische Macht und Ingenieurskunst. Sie erzählt die Geschichte seiner Siege über die Daker und bleibt für Historiker eine wertvolle Quelle römischer Kunst und Historiografie.

Besonders hervorzuheben ist Trajans Politik der Integration. In den von ihm eroberten Territorien ließ er der einheimischen Bevölkerung einen hohen Grad an Autonomie, was zur Stabilität und Loyalität der Provinzen gegenüber Rom führte. Die Ernennung lokaler Eliten in Verwaltungspositionen und der rechtzeitige Ausbau römischer Bürgerrechte auf andere Völker sicherten die römische Herrschaft und förderten eine weitreichende Verbreitung römischer Kultur und Rechtsprinzipien. Durch solche vorausschauenden Maßnahmen schuf Trajan Präzedenzfälle für eine effektive und nachhaltige Kontrolle eines weitläufigen Imperiums.

Nach Trajans Tod wurde seine Regierungszeit als Goldenes Zeitalter angesehen und er selbst als einer der fünf "guten Kaiser" bezeichnet. Seine Vergöttlichung durch den Senat war nicht nur eine symbolische Anerkennung seiner großartigen Leistungen, sondern auch ein Versuch, seine Maßnahmen und Reformen als Ideal weiterzugeben. Diese posthume Ehre spiegelte das nachhaltige Echo wider, das sein Wirken in der römischen Geschichte hinterließ. Trajans Nachfolger, insbesondere Hadrian, bauten auf diesem Erbe auf, wobei sie Trajans effizienten Regierungsstil und seine Bemühungen um Konsolidierung des Reiches als wegweisend ansahen.

Die Bedeutung Trajans für die römische Nachwelt kann somit in seiner ausgezeichneten Fähigkeit zur Synthese von Eroberung und Verwaltung erfasst werden. Seine Politik der Inklusion, der Infrastrukturentwicklung und seine Förderung der römischen Werte und Kultur setzten Maßstäbe, an denen sich künftige Herrscher orientierten. Dadurch bleibt Trajan nicht nur als einer der bedeutendsten Kaiser in den Annalen der Geschichte verankert, sondern auch als Modell eines wirkungsvollen und nachhaltigen Imperiums. Im Kollektivgedächtnis, das von ihm geprägt wurde, erscheint Trajan als Verkörperung von Macht und Weisheit, und sein Vermächtnis lebt heute nicht nur in antiken Schriften, sondern auch in den Steinen Roms und der fortdauernden Faszination für eine der größten Zivilisationen der Weltgeschichte.

Kontinuität und Wandel: Die dynastische Nachfolge

Die Nachfolge Kaiser Trajans zählt zu den bemerkenswertesten Übergängen der römischen Kaiserzeit. Mit dem Tod des als Optimus Princeps bezeichneten Kaisers im Jahr 117 n. Chr. begann für das Römische Reich eine neue Ära, die von der ruhigen und weitgehend friedlichen Herrschaft seines Nachfolgers Hadrian geprägt werden sollte. Doch hinter diesem scheinbar nahtlosen Übergang verbargen sich komplexe dynastische Mechanismen und politische Entscheidungen, die ein tiefes Verständnis der römischen Herrschaftsstrategie erforderten.

Zu Trajans Lebzeiten gab es keinen klaren dynastischen Erben. Er hinterließ keinen Sohn, und so musste die Nachfolge innerhalb der erlauchten Kreise des Senats, der Generäle und Verwandten geregelt werden. Die Wahl fiel letztlich auf Hadrian, einen talentierten Kommandeur und Staatsmann mit engen persönlichen Bindungen zu Trajan. Hadrian war nicht nur ein entfernter Verwandter, sondern auch ein Vertrauter und möglicherweise Seelenerbe des Kaisers, was ihm eine einzigartige Ausgangsposition verschaffte.

Der Historiker Cassius Dio berichtet, dass Trajan auf seinem Sterbebett (ad mortem) Hadrian adoptiert habe, eine Handlung, die als Zeichen seiner Gunst und als formale Erklärung der Nachfolge interpretiert werden kann. Jedoch zweifeln einige antike Autoren, wie auch die jüngere Forschung, an der Authentizität dieser Adoption, wobei vor allem die Rolle seiner Gattin Plotina, die eine Befürworterin Hadrians war, hinterfragt wird. Der Geschichtsschreiber Aurelius Victor deutet an, dass Plotinas Einfluss erheblich dazu beitrug, die ordnungsgemäße Nachfolgeregelung zu gewährleisten, was die politische Klugheit und den Einfluss weiblicher Akteure im Römischen Reich unterstreicht.

Die Übernahme der Herrschaft durch Hadrian war nicht zuletzt der Beweis für das Bestreben des römischen Systems, eine stabile, wenn auch manchmal problematische Kontinuität zu wahren. Hadrian selbst prägte diese Übergangsphase, indem er seine Herrschaft von den militaristischen Eroberungszügen Trajans zu einer mehr defensiven Orientierung verlagerte, die auf innerer Konsolidierung und der Sicherung der Grenzen basierte. Diese strategische Neuausrichtung war ein elementarer Wandel im Imperium

Romanum und bildete die Grundlage für das berühmte Hadrianische Verständnis des Augustus, die Grenzen des Reiches zu respektieren und zu verstärken.

Das Prinzip der Adoptivnachfolge, das Trajan durch diese dynastische Entscheidung förderte, entwickelte sich in der Folgezeit zu einem bewährten Instrument römischer Kaiserkontinuität und wurde später von mehreren bedeutenden Kaisern weitergeführt. Marcus Aurelius und andere Herrscher orientierten sich am Platzieren kompetenter, aber nicht unbedingt verwandter Nachfolger, ein Vorgehen, das das so genannte Zeitalter der "Adoptivkaiser" inspirierte, das die Göttliche Vorsehung des Reiches zu sichern suchte.

Durch Trajans Nachfolge stellte sich das Römische Reich bis in die Spätantike als ein flexibles, adaptives Gebilde dar, das gerade in der Fähigkeit bestand, Kontinuität und Wandel harmonisch in Einklang zu bringen. Das Vermächtnis seiner Entscheidungsfindung lässt sich bis ins moderne Staatsverständnis nachvollziehen und bleibt eine beeindruckende Demonstration politischen Weitblicks und strategischer Weisheit, die Trajan über seinen Tod hinaus in der Weltgeschichte verankert.

Insgesamt war diese Nachfolge eine Symbiose aus Tradition und notwendiger Innovation, die sich in der Geschichtsschreibung bis heute als entscheidend für die Kontinuität des Römischen Reiches in einer der bedeutendsten Epochen der Antike darstellt.

Trajans bauliches Erbe in Rom und den Provinzen

In der Architektur des antiken Roms spiegelt sich der Machtanspruch und die Verwaltung eines Imperiums wider, das in seiner Blütezeit Europa, den Nahen Osten und Afrika umfasste. Unter den vielen Kaisern, die Rom prägten, nimmt Kaiser Trajan eine besondere Rolle ein - seine Bauwerke sind nicht nur Ausdruck imperialer Pracht, sondern auch beeindruckende Zeugnisse der ingenieurtechnischen Fähigkeiten und des Verwaltungsverständnisses seiner Herrschaft.

Ein herausragendes Beispiel für Trajans bauliches Vermächtnis in Rom selbst ist das Trajansforum, das als größtes und prächtigstes der Kaiserforen gilt. Der Komplex, der unter der Durchführung des berühmten Architekten Apollodor von Damaskus etwa im Jahr 107 n. Chr. fertiggestellt wurde, diente nicht nur als politisches und administratives Zentrum, sondern auch als Symbol für den Sieg über die Daker. Die monumentale Trajanssäule, die mit reliefierten Darstellungen der Dakerkriege verziert ist, wurde in diesem Forum errichtet und steht bis heute als ikonisches Denkmal für Trajans militärische Errungenschaften.

Trajans bauliches Engagement erstreckte sich jedoch weit über die Hauptstadt hinaus in die römischen Provinzen. Ein markantes Beispiel für seinen Einfluss ist die Via Traiana, eine Straße, die Apulien mit dem Adriatischen Meer verband und die kommerzielle und militärische Mobilität in der Region erheblich verbesserte. Solche Infrastrukturprojekte verkörperten Trajans Vision eines verbundenen Reiches, das von einem feinmaschigen Netz aus Straßen und Kommunikationswegen durchzogen war, wie von Plinius dem Jüngeren, einem Zeitgenossen Trajans, in seinen Schriften gepriesen: "Nihil corusco solum, nihil asperum, nihil impeditum" ("Nichts ist zu steil, nichts zu rau, nichts ist unwegsam").

Aber Trajans Einfluss auf das Bauwesen war nicht nur auf die Infrastruktur und die Errichtung prächtiger öffentlicher Bauten beschränkt. Seine Herrschaft sah auch eine beeindruckende Weiterentwicklung städtischer Zentren in den Provinzen. In Antiochia, einer der führenden Städte des Orients, trug er zur Errichtung großartiger Bauwerke bei, darunter Aquädukte und Bäder, die dem Anstieg urbanen Lebens sowie der Verwaltung der Städte erhebliche Vorteile boten.

Ein weiterer bemerkenswerter Aspekt von Trajans baulichem Erbe war seine Förderung des kulturellen Lebens durch den Bau von Theatern und Badehäusern. Diese Einrichtungen trugen zur Verbreitung römischer Kultur und Lebensweise in den entlegensten Teilen des Imperiums bei. Sie dienten als Orte der Erholung und als Ausdruck von

Rom als Knotenpunkt der Zivilisation. Sie führten auch zu einer Verschmelzung der römischen mit lokalen Traditionen, was den Provinzen half, engere Beziehungen zum Zentrum des Reiches zu entwickeln.

Zusammenfassend lässt sich sagen, dass Trajans bauliches Erbe sowohl Rom als auch seine ausgedehnten Provinzen tiefgreifend beeinflusste, indem es das Imperium nicht nur physisch, sondern auch kulturell gestaltete. Seine Bauwerke sind Stätten des Andenkens, die auf seine bemerkenswerte Fähigkeit hinweisen, Macht, Verwaltung und Ingenieurskunst zu vereinen, wie es die antike Welt zuvor und danach kaum gesehen hat.

Die Erinnerungskultur um Kaiser Trajan

Kaiser Trajan, dessen Herrschaft von 98 bis 117 n. Chr. dauerte, hinterließ ein unauslöschliches Erbe, das im kollektiven Gedächtnis des Römischen Reiches lebendig blieb. Die Erinnerungskultur um Trajan ist ein faszinierendes Beispiel dafür, wie Geschichte, Legendenbildung und politische Zwecke miteinander verwoben wurden, um ein bleibendes Bild eines Kaisers zu erschaffen. Bereits zu Lebzeiten wurde er als "optimus princeps", der beste Herrscher, bezeichnet, ein Titel, der sowohl seine militärischen Erfolge als auch seine administrative Weisheit repräsentierte.

Bereits unmittelbar nach seinem Tod begann die systematische Pflege seines Andenkens. Die Vergöttlichung Trajans, die ihm posthum zuteilwurde, war der Ausgangspunkt einer bewussten Kultivierung seines Images. Es war üblich, dass verstorbene Kaiser durch den Senat vergöttlicht wurden, aber bei Trajan schwang ein außergwöhnlicher Enthusiasmus in dieser Ehrerweisung mit. Vor allem Hadrian, sein unmittelbarer Nachfolger, spielte eine entscheidende Rolle bei der Etablierung von Trajan als Vorbild kaiserlicher Tugend. In seiner Herrschaft verzichtete Hadrian weitgehend auf Expansion und Konzentrationen auf Konsolidierung, nutzte aber die Erinnerung an Trajans militärische Erfolge geschickt, um seine eigene Position zu stärken.

Ein zentrales Element der Erinnerungskultur um Trajan war seine Bautätigkeit, welche als Manifestation seines Erbes fortbestand. Die Trajanssäule in Rom ist eines der bekanntesten Monumente dieser Zeit und dient nicht nur als beeindruckendes architektonisches Zeugnis, sondern auch als eine Art Geschichtserzählung, die in Stein gemeißelt die militärischen Errungenschaften Trajans verherrlicht. Viele solcher Werke trugen dazu bei, sein Andenken für kommende Generationen zu bewahren, indem sie visuell seine Größe und seine Leistungen unterstrichen.

Der Historiker Plinius der Jüngere, ein Zeitgenosse Trajans, trug ebenfalls zur Erinnerungskultur bei. Seine Schriften wie die "Panegyricus Traiani" waren literarische Würdigungen, die Trajan als idealisierten Kaiser darstellten. Sie wurden vielfach zitiert und genossen große Beachtung, um Trajans Vorbildfunktion in der Literatur zu verankern. Plinius beschreibt ihn als "einen Mann, der die Zirkel von Tugend und Pflicht in perfekter Harmonie vereinte". Solche Lobeshymnen festigten Trajans Ruf nicht nur in der öffentlichen Vorstellungswelt, sondern prägten zudem die Sichtweise späterer Generationen.

Aber die Erinnerung an Trajan beschränkte sich nicht nur auf literarische oder monumentale Ausdrucksformen. In den Militärlagern am Rande des Reiches, in den Provinzen von Britannien bis Syrien, gab es viele Überlieferungen und Geschichten, die Trajan als prototypischen siegreichen Kaiser feierten. Seine Strategie, die römische militärische Disziplin und organisatorische Effizienz zu maximieren, war legendär und diente als Vorbild für spätere militärische Unternehmungen.

Im Laufe der Jahrhunderte änderte sich die Bedeutung seines Erbes. Insbesondere in der Spätantike und im frühen Mittelalter wurde Trajan zum Inbegriff des gerechten Herrschers, einem Symbol für das goldene Zeitalter der römischen Kaiserzeit. Dieser status verwob sich mit dem idealisierten Bild eines weise regierenden Monarchen, dessen Beispiel bis in die neuzeitlichen Vorstellungen von guter Herrschaft reichte.

Heute zeugt die fortbestehende Präsenz Trajans in historischen Diskursen und in archäologischen Funden von seiner bleibenden Bedeutung für das kulturelle Gedächtnis der Historie. Das Studium seiner Herrschaft bietet uns wertvolle Einblicke in die Gestaltung und Aufrechterhaltung von Machtstrukturen sowie die Bedeutung von kulturellen Gedächtnispraktiken in der Formung von historischen Erzählungen. Trajans becorrie Französiches Erbe, mit seiner Inspiration für Governance und Führung, bleibt nicht nur eine Nische für Akademiker, sondern weitet sich aus auf interessierte Laien, die seine Bedeutung in einem breiteren historischen Kontext erfassen wollen.

FSC
www.fsc.org
MIX
Papier | Fördert gute Waldnutzung
FSC® C083411

Zeitfracht Medien GmbH
Ferdinand-Jühlke-Straße 7
99095 Erfurt, Deutschland
produktsicherheit@kolibri360.de